# 山田清吉詩集

Yamada Seikichi

JN064094

新・日本現代詩文庫
150
土曜美術社出版販売

新・日本現代詩文庫 150 山田清吉詩集 目次

詩篇

解説

# 詩篇

詩集『べと』（一九七六年）全篇

## べと

土ではないんです
べとなんです

ねん土ではないんです
べとなんです

土砂でもないんです
べとなんです

岩でもないんです
べとなんです

親爺の顔でもないんです
べとなんです

おっ母の顔でもないんです
べとなんです

三ツ鍬でつきさしても
なかなかくだけない
べとなんです

三ツ鍬でたたいて
くだけるような
べとではないんです

額に汗して打ちおろさんと
耕せない
べとなんです

止まると背中に
のしかかってくる
べとなんです

手さぐりでも歩かねば
落ち込む
べとなんです

どぶ川の底を
はいずり廻る
べとなんです

べとのべとに
べとの腕で
べとの鍬を
べとに打ちおろさなければ
べとになれない
べとなんです

## べと食い虫

べと食い虫は夜中に通る
べと食い虫はこまめに歩く
去年も五反歩べと食った

べと食い虫は夏でも通る
青田稲ごと食っちまう
べと食い虫が通った跡
原爆落とした跡みたい
青い草さえ育たない

べと食い虫はずうずうしい
昼中　堂々やって来た
どこが頭か尻尾やら
すべすべすべの
べと食い虫
村の者はみんな見た

お天道様の顔みても
べと食い虫は知らん顔
顔がないからまぶしくないんだ
でっかいたれ糞たれ歩き
村人わいわいさわいでも
べと食い虫は
知らん顔

一反一反また一反
べと食い虫は
べと食った
でっぷり太ってふてくさり
村の真ん中歩いてる
べと食い虫が
こないかな
べと食い虫よ
こっちへこい

べと食い虫は
車に乗ってやってくる
電話に乗って飛んで来て
どこかの村ごと
食っちまって
べと食い虫はまた太る

# べとの叫び

いつからか　ひとくちも
口をきかなくなった

口をきくことが
どうしてこわくなったのですか

雪が消えると
すぐにもとんで来て
咽の奥でもぐもぐ話してくれたのに

田植えの時には
家中皆《み》んなで
さわいでくれたのに

草取りの時には
子供をつれて
どじょうをつかんでは　はしゃいでいたのに

稲刈りの時は
持ち弁当で
おにぎりをころがし
べとだらけのおにぎりを
前掛けでふき取り
ほおばりながら
話してくれたのに

おい親父
そんなに背中を丸めて
負け犬みたいに
カッコ悪いぞ

おい親父
なにかひと言でも　言っておくれ
そんなに背中を丸めて
体に悪いぞ

うすっぺらな弁当箱をさげて
めざし一匹
梅干一個
そんじゃ土方仕事はもたんぞ

おい親父
所有権がどうとかって
登記がどうとかって
よそよそしくするなよ
顔をかくして通るなって

おい親父
こんなに太いパイルを
何十本も打っているのは
どこのどいつだ

おい親父
腰をかがめて歩くなって
腹をブルで引き裂き
コンクリートを流し込んでいるのは
どなたですか

おい親父
本当のことを教えておくれ
後生だから

後生だから
そんなに背中を丸めて
うつむいて歩くなって

胸を張って歩いておくれ

**べとになれないうら**

爪に火を灯して働く
今日の働きは
おととい食ってしまったから

一銭がねを割って使う
五人の子供の口が
ピイピイ風を吹いているから

黒光る柱に子供をからげ
田んぼへ急ぐ
蛙が鳴いたといって
かかあが泣く
乳房が痛いといって泣く

目の玉ずりこみ
のびた口ひげ　口をふさぎ
熊手のあかぎれ　口をあけ
晩稲《おくて》秋《あき》の風　耳をちぎる

一株
一株
三ツ鍬で打ち起こして
何十年
生まれて初めて札束を持つ
ふしくれの太く短い斧
札束の千代紙を切る

背広の男がにんまり笑う
うらも思わずにっこり笑う

左手で札束をしっかりと握り
右手の指につばをつけ
一枚
一枚かぞえる

指をなめる
がさがさの指は
舌をひっかき
札束の味が伝わる

かたいような　やわらかいような
温かいような　冷たいような
長者になったような　乞食になったような
極楽にいるような　地獄にいるような
ほんとのような　うそのような
うそのような　ほんとのような
味

一枚
一枚
指にしっかりつばをつけてかぞえる

ネクタイの男が笑う
うらの顔も笑う
また指先につばをつけ
一枚
一枚
うらの体は　宙に浮き出す
ふんわり
ふんわり紙風船

シャンペン抜いた男が笑う
札束持ってるうらの手ふるえ
かぞえた一枚落としてしもうた
一枚ぐらいと思った時

三枚　五枚と逃げて行く
羽衣天女の白い股
うらの首根っ子しめつけて
これが極楽　竜宮城

頭がガンガン鳴りだした
立とうと思っても腰立たず
歩こうとても足立たず
げらげら声が追って来る

短い指の太い指
がさがさ指の黒い指
爪が長くて真っ黒け
指先割れて真っ赤っか
女郎《めろう》はげらげら笑っていて
金は天下の回り物
おんさん一人のものじゃない

寄ってたかって指ひろげ
お札ばらばら紙ふぶき
最後の一枚はなすまい
最後の一枚はなすまい
にぎった指はカチカチ氷
土足の男どやどやと
うらの頭踏みつけて
カチカチ指をたたき折り
最後の一枚もぎ取って
痰唾はいてすてぜりふ

どなろうとても声立たず
あわふき　もがき　ぶっ倒れ
三ツ鍬　さびて雨ざらし
列島改造どまんなか
山鎌　さびて雨ざらし
ゴルフ敷地のどまんなか

# 化石になったべと

疲れきったべとを背負って
砂漠の上を
素足で歩く
ここ何年も一滴の雨も降らない
砂漠の中を
夢遊病者のように
左も右も
前も後も
ひとつの点も残さず
さまよう

疲れきったべとを背負って
砂漠の上を
なにもまとわず歩く

この何年も一滴の陽の光も降らない
砂漠の中を
とぼとぼと
昨日起こしたべとは
もう化石になっているというのに
昨日蒔いた種物は
もう化石になっているというのに

考古学者が
丁重に竹のサンペラを使う
黒い灰をお鳥箒で取りのぞく
竹のサンペラを動かしては首をかしげる
これだ　これこそまさしく籾だ
文献によれば
人はべとを耕して籾種を蒔いたとある
人は種を蒔き終わると
四人持ちの戸板という機械にのせ

山へ送るとある

竹のサンペラを動かす手はやめない
頭は北向き
戸板の上にあるはずだ
コンクリートのかたまり
ビルディングがじゃまになる
土が壊れないように
そうっと取りのぞくのだ
橋脚も
石油タンクも
コンビナートも
そうっと取りのぞくんだ
地層が壊れないように

しゃべりながらも
竹のサンペラを動かす手はやめない

それ
それ　出て来たやろうが
これが頭だ　目だ　鼻だ　口だ
目にごみが入らないように
鼻に石くずを落とさないように
口に砂をかまさないように
気を付けて探り出すんだ
傷をつけないように

長い髪
せまい額
太い皺
大きい団子鼻
細い目
光る黒目
突き出た頬
でっかい口

黄色い下駄歯
まてよ
竹のサンペラが一瞬止まった
親爺だ

エンマさんが検屍に来た
あなたが身内かな
親爺さんの特徴は
さあね
年齢は
さあね
男だろうな
さあね
女か
さあね
あんたは本当に身内か

そうさ
じゃしっかり答えるんだ
いつ頃から行方がわからなくなったかな
さあね
かれこれ何万年たったかの
ここが最後の工事現場じゃな
たぶんね
ようし解った
お前の舌は　ぬかないことにしてやる

考古学者はしゃべりながら
足の上の鉛
手の鎖を切る手は止めない

## この村のべとになるということ

今だにわからないんだな
べとになるということが

どうしてもわからないんだな
べとになるということが

べとになるということが
すこしわかってくると

べとになるということが
なおわからなくなるんだな

べとになるということが
だいぶんわかってくると

べとになるということが
全くわからなくなってしまうんだな
この村のべとになるということが

## べとのしみ

たき火に
木枯しが吹きつけ
ばしばしとしゃべる

たき火を
嵐がたたきつけ
ぱちぱちとしゃべる

たき火は

時雨に打たれ
ぼそぼそとしゃべる

誰かが燃やし続けている
たき火
誰も消されない
たき火
そうっと手を出してあたる

かぞえで十一歳
国民学校初等科三年の
いがぐり小僧と
二ツ年上のがき大将
後になり先になり峠を登る

人っこひとり通らなかった峠
昼でも暗い兎越峠

顔めくれ
髪がもえ
布　紙　皮とも知れぬ
ぼろを曳きずる
老人《ひと》　子供《ひと》　男《ひと》　女《ひと》の群
この峠をくだる
いがぐりとがき大将
ひとの群に押し返され立ち止まり
ひとの波にさからい峠を登る
がき大将が止まった
いがぐりも止まった
町までの道のりがまる見え
その先に町がない
町がのうなってしもうた
ずっと向こうまで
ずっと向こうまで黒い焼け野原や
にょきにょき

電信柱と
はだかの木

黒い地面に白い煙
その中から
蛾の群が出てくる
道にへばりついて動かない蛾
すこしずつ動いている蛾の群列
羽根が焼けただれ
足をもがれ
尻尾をちぎられ
首骨が折れ
頭を落として
触角を地面に曳きずる

がき大将がきびすを返した
いがぐりもきびすを返した

今登りつめた峠を
村へと下りる

江守の清水《しょうず》の池
周囲三十メートル
水深一メートル
峠へサワガニを採りに行く時
カブト虫を採りに行く時帰る時
きっともらい水した池
池に突き出た椿の木にまたがり
椿の葉っぱで水をすくった池
椿の木にまたがりするりとさかさになり
顔でぴしゃりと水面をたたき
もらい水した池
熊笹　すすきにおおわれ
道からは見えなかった池

今はまる見え
おんさんが四、五人
死人を引き揚げ
大八車に積んでいる
がき大将が手伝う
いがぐりも手伝う
ぶくぶくにふくれた腹
目ん玉の飛び出た顔
よいしょ
足を引っ張る
ぶてぶての太い足
皮がするっとぬけて
手にまつわる
骨だけの足首を引っ張る
その下からまた一体
ぶくっと浮く

引き揚げる
口から泥水が
赤黒い泥水がすこしこぼれる
それを引き揚げる
その下からまた一体
ぶくっと浮く
引き揚げる
腹が切れた
引き裂かれた腹から
はらわたが飛びつく
いがぐりがあわててはらわたをだきかかえる
落とさんようにしっかりと
もう飛び出さないように
だきかかえる

おんさんが肩を持つ
がき大将が足を持つ

車に積む
カラン
コロン
鉄車《がたぐるま》が砂利道を踏む
いがぐりと
がき大将
一番上の
うしろ向きになった
女のひとの頭に手をかけ車の後押し
つるり
長髪の頭の皮がめくれる
めくれた髪をかきあげ
むき出した目ん玉にかぶせる
なにも見えなかったことにするために
なにも見えなかったことにするために
カラン
コロン

鉄車《がたぐるま》は重い

カラン
コロン
鉄車がきしむ
地響きをたてる
荷台のめざらから
ぽとり
またぽとり
血が
泥水が
道のべとにしみる

コトリ
死体が落ちた
鉄車は止まらない
がき大将が右足に

いがぐりが左足に
藁縄をからげ
肩にかけ
ぞろぞろ道を曳きずる
小砂利がまくれる
背中のぼろはちぎれ
肌がめくれる
まくれる小石
どす黒くぬれ
頭がゴトゴト
なにかをしゃべりたげに
なにかをしゃべりながら
ついてくる

鉄車が止まった
福井県足羽郡社村《やしろむら》四番火葬場
おんさんが二人

死人をもやしている
火の壺の上に三体
すこし離れて
二体
もやしている

くすぶる
煙があがる
黒い
煙があがる
白い
煙があがる
雲はたれこみ
太陽をかくす
風もない
みんな止まった
みんな止まった

みんな止まって煙を見つめる
おそろしくもない煙
こわくもない煙
かなしくもない煙
枯れきった
いがぐりの煙
がき大将の煙

午後六時軍事教練の時間だ
いがぐりと
がき大将
お寺へ行く
御堂の中は知らない人ばっかし
でもいやに静かだ
大きな公孫樹の木の梢の葉っぱもゆれない
桜の木にゆわいてある藁人形
がき大将が突き刺す
いがぐりも突き刺す
竹ヤリを引きぬく
血がべっとり
おっかあん
町のおばやん死んでしもうた
町のあんちゃんも死んでしもうた
おっかあーん
声が出ない

曇天無風
七月二十日
火葬場の煙
低くたれこめ
お寺の庭から
村の谷間のふところに深く入って止まる

あれからの
やぶ入りお盆
やぶ入り正月
炉《いろり》のたき火は消えない
夜ふけになっても
ぼそぼそと
たき火はしゃべる
皆んな手を出してあたる
そうっと手を出してあたる
煙が動き出さないように
そうっと
いつまでも

## 町のべと

田んぼを追われて
町に出る
町に来たって何をする
綱渡りの猛稽古
肥担桶《こいたご》担いで綱渡り
列島改造肥担桶と
生産調整肥担桶を
経済成長の天ビン棒で
出稼ぎ肩にくいこませ
消費経済へっぴり腰
浮草愚政雲の綱
企業優先目かくしされて
足元見えず渡っている

商社の張った蜘蛛の網
足にくっつき渡れない
冷汗　汗水　はな水たらし
うらは百姓不器用で

列島改造肥担桶を
ひっくり返して大さわぎ
落とした所がカブト町

ブルトロおっさんわめいている
改造　改造　痒いぞ
肥担桶かぶって痒いぞ
肥担桶かぶってかゆいんじゃない
べとを食べて糞づまり
灌腸かけるに官庁なし
尻穴切るにも偉者おらず
尻穴腐りたれ流し

生産調整肥担桶も
片方だけでは持ちきれず
落としてしまって大さわぎ
当たった所が永田町

名前は永田で田んぼなし
議事堂前のイモ畑
大きな墓石建っていて
腹がペコペコイモがない
腹は空っぽのすっからかん
三ツ鍬取るにも腹がない
麦を作るに種がない
大豆作るに鍬がない
米を作るにべとがない
町に出たけどべとがない
町のべとは誰食べた

町で足りんで村に来て
村の村ごと食っちまった
調整区域のべとあさり
べとを食べて肥担桶かぶり
肥杓《こいじゃく》でたたかれ糞だらけ

商社の頭は糞だらけ
海の彼方も糞だらけ
ロッキードの糞だらけ
賄賂の団子取って来て
バッジ旦那におすそわけ
食べた旦那は誰じゃいな
口を結んで開かない
口を開くと蛆虫が
飛んで出るから開けない
口はしっかり閉じとって
いまに蛆虫鼻の穴
尻の穴からはい出して
赤い絨毯のし歩く

クロタマおっさん寝てるのは
腹の中じゅう蛆虫で
起きるも動くも出来ゃしない

一寸と太息はいたなら
御殿　殿中蛆虫だらけ
弁護士　藪医者大わらわ
蛆虫かくしに大わらわ
汚職
汚濁
汚水
汚田
汚物の賄賂で
汚尻抜け
抜けた尻穴しまらない

一粒お米を拝んで作って
年貢お上に献上し
あげくの果てがこの始末
空飛ぶ飛行機見てごらん
汚物肥担桶ぶらさげて

空から蛆虫撒いている
町にはでっかい墓石が
蛆虫の数だけ建っている
あれはどこの墓じゃいな
霞ヶ墓はあれかいな
墓場にべとは見あたらず
花を摘むにもべとはなし
花を挿すにもべとがない
水をかけるに水はなし
墓地の周囲は欠陥野壺が乱立し
池の中は黒い海

どこを向いてもべとがない
肥担桶かついで帰ろうか
帰ろうとても村がない
帰ろうとも帰れない

肥担桶壊して帰れない
先祖にあわせる顔がない
息子にあわせる顔がない

綱の張ったる山の手線
ぐるぐる回って降りられん
ぐるぐる回って梯子なし
墓石の間を何千回
べとの無い町何千回
人が育たぬ冷えた町
お日様無い町暗い町
蛆虫喜ぶ汚れ町
蛆虫団子作っては
あたり一面ばら撒いて
知らぬ存ぜぬ記憶ない
いったいここはどこですか
食べ物よそから取って来て

我が身で作らず食べている
たれた糞も始末せず
犬に頭が上がらない
べとのない町死んだ町
うらは何処へ行けばよい

うらは何処へ行けばよい
足にくっつく蜘蛛の網
天ビン棒でたたき切り
あとは野となれ山となれ
天ビン棒にまたがって
町の外へ飛んで行く
べとない町生きられん

## べとの声

春になったというのに
与作どんが鍬をかついでこない
喜作どんが耕耘機を持ってこない
耕作どんが牛をつれてこない
平作どんが種を蒔いてくれない
五作どんが苗を植えてくれない

草は伸び放だい
野ねずみははいまわり
骨をかじる
越冬ウンカは針を突き刺し
血をすする
カメ虫は悪臭をはなち
肉をとかす

田んぼの死骸ごろごろところがる
歯を立ててブルにむかい
俺を引き出す

## 減反

きのうは昔
おとといはずうっと昔
五十年も前の親達が
今　俺の中で
鍬を打ち振り稲株を起こしているのに
俺は傍観

きのうは昔
おとといはずうっと昔
深く頭を下げた稲穂
今　カタピラーで押し殺す
俺の中の親達

## 真昼の狂人

夏です
真夏です
太陽は頭の上です

戸をたたきました
激しく戸をたたきました
家がつぶれる

戸をたたきました
雪で壊れ落ちた茅葺き屋根の下で
わらじが半足こちらを向く

戸をたたきました
流しの壺のわき水こぼれ
かけた茶ワンを洗っています

戸をたたきました
倒れた柱　梁の下敷きになり
大きな節がこちらをにらむ

戸をたたきました
戸口に輪の切れた肥担桶
ものうげに座っている

戸をたたきました
庭先の鍬の柄が折れて
ささっている

戸をたたきました
激しく戸をたたきました
茅葺き屋根の影が長い

真夏というのに
影が長い
長い影田んぼを曳きずる

## 別れ

朝になったのに
父をまだ起こしてくれない
深い息をすったまま
あいた口から
もう息をはき出さない

がさがさの手
何十年も
太陽とべとをまぜかえし
べとと糞をまぜかえした手

俺の頬をたたきのめしたこの手
今俺の両手の中から
温かみをすこしずつこぼす

どこか知らんところへ
行き先も告げずに
村の田んぼの空を
砂時計の最後の一粒を
ぽろりと蒔いて行く

## 納骨

ちっちゃい骨箱
泥棒じゃないんです
骨箱にいのこずちがついているのは
あわててころんだからです
泥棒じゃないんです

父が刈り取った稲株を
力一ぱい引き抜く
根が土を返した

五反田んぼの真ん中
父を押し込む
うしろをふりむかないように帰るんだ

誰もいないじゃないか
そんなに急ぐと又ころぶぞ
骨箱の端が見えているのに
一服つけてけや
そんなに急ぐとほんとにころぶぞ

## 墓標

昼が真っ暗
颱風なんです
夜が真っ白
豪雪なんです

吹き飛ばされないように
稲架に上がって　つんばりをからげる
家をつぶさないように
雪を下ろす

墓がかたむくと
不幸があるという
小さい墓標
かたむかないように

種を下ろし
花をさかせ
草を取り
稲穂を穫って
囲炉裏で火を燃やす

## 豊作争奪戦

ことしの豊作は人工豊作だ、と

前おきして農事試験場の技師達がはなしだした。
農薬の使う時期指導がよかった。
――病害虫の主任
早植栽培の普及のたまものさ。
――作物主任
いやいや、品種改良の――
――育種の主任
なんで、土壌調査と施肥の合理化だ。
――科学の主任
その時
会議がたち切られた。
だまれ、どんぐりども――
土地改良のたまものだ。
――県農林部長
だまれ、だまれ、
高級車がサイレンをならして飛んできた。
農山村振興対策の実りだ。

――鴉の一声
――農林大臣
豊作争奪戦の幕がおりる――
百姓の頭の上で
海に浮いてるちっちゃい肥桶《こえおけ》の中で――
上へ上へとよじ登る
うじ虫どもの争奪戦

外は冬だった。
アメリカ大陸から来たキツネ
ええもんやる
農地改革をこっちへよこしなさい――
なにをこく。
これは、
一揆で死んだ祖父たちの骨ですぞ。
そうさ、
明日の平年作《ほうさく》の骨だ。

# 煙の歴史

煙　煙　煙がある、
　妻が飯を炊く
いろりから煙があがる。
亡母がしたように二本の冷たい火箸をいじると。

父が憩う。
がんくびから煙があがる。
祖父がしたようにつまったけしろをたたきつけ
　ると。

俺が土を起こす。
煙があがる。
先祖がしたようにコツコツ鍬を打ちこむと。

煙　煙　煙があがる
　火葬場から。

隣家《となり》の欲ばり爺さんが死んだんだ。
いつも俺の地境《じざかい》に来ては
白昼人の前で一寸ずつ杭をぬいていた
火葬場に行くまでも
火葬場に行っても。
見よ。
赤い煙が地境の杭をなでて行く。

もう一人の俺が見た。
ひとにぎりの俺等の土の匂いを嗅ぐために、
杭をなでて行くのを……
麦笛を吹き鳴らしながら
のんびりと
どこまでも

俺等たちに与えられた時間の最後の一秒の
十分の一秒までの命を
あらゆる杭に捧げようと。

## あとがき

詩のようなものを書き始めてから二十余年、もたもた歩き続けてようやく詩集『べと』の一里塚にたどりついた。
二十年ちかくも、お世話になっている松永伍一さんにお忙しいところを、身にあまる序文をお寄せいただき、全日写連会員の柳沢一郎さんにカバー写真を、日展書道家の村寄鴨畦さんにタイトルを書いていただき、広部英一さんにはこの詩集をまとめるにあたり、一から十まで背負われぱなし。こうした先輩方々の温かい力添えにより、詩集『べと』が生まれ、巣立ち、羽ばたくいま、ただ感謝の気持でいっぱいです。

一九七六年十一月三日

山田清吉

詩集『土時計』（一九八六年）抄

## 種籾をさがすたった一人の足音

種籾をさがすたった一人の足音
跫音がきこえる
鍬をさがすたった一人の足音
跫音がきこえる
土をさがすたった一人の足音
跫音がきこえる
土をたがやすたった一人の足音
突然止まった
土はどこにいるのですか
土はどこにいるのですか
跫音がきこえません
耳たぶをじゅずつなぎにし
地面をひきずる地鳴り
土をたがやすたった一人の足音をこわす

## 少し馬鹿がいい

少し馬鹿がいい
馬鹿だからいうのではないが
田んぼを耕すのに
少し馬鹿力がほしいから
少し阿呆がいい
阿呆だからいうのではないが

一日中腰をまげて田植えをするのに
少し阿呆でなければ続かん

少しまぬけがいい
まぬけだからいうのではないが
農機具のセールスマンを追いはらうには
少しまぬけでとんちんかんでいたいから

少しのろまがいい
のろまだからいうのではないが
出かせぎに行った人の妻がさそってくれるから

少し気違いがいい
気違いだからいうのではないが
夜の夜中に田んぼの水廻りに行くのに
少し気違いが都合がいいから

少し死んだほうがいい
田んぼへ行っても誰もおらんから

## 尻をたたく

尻をたたく
ろくにえさもくれずに
こぬか一合
藁一束
青草くれんし
田んぼでころんだ

そして死んだ
深く土につきさした犂
きつく引きながら
死んでからも土を耕す

尻の肉腐って落ち
あばらの肉腐って落ち
蕪れた田んぼのどまんなか
誰一人寄りつかん

# ゆがんだ秋

ゆがんだ秋
太陽が怒る
川が枯れる
己《うら》のこの手が
孕み我が娘の腹を裂く

今　息たえる水穂
己をにらむ
血のりのついた
まないた石
洗い流す水がない
青刈り稲の高い塀のしおき場
ゆがんだ九月
己等をつぶす

# 春が来た

春が来た
春が来たのはいいことだ

逝きかけた己《うら》の枕元で
お前達がさわぐことはいいことだ

火葬場の石のぬくもりで
初めて冬をすごしたことはいいことだ

お前達が己のことを忘れ
田起こしに嬉々とはしゃぐことはいいことだ

やがて己の灰の中から
二ツ葉が顔を出したことはいいことだ

二ツ葉にかけた己の言葉
誰にも聴こえなかったことはいいことだ

ただ風の声
少し聴いたことはいいことだ

## 苗を取る母の背中で

苗を取る母の背中で
子供はねむる
苗洗いゆするたびに
子供もゆれる
薄日もゆれる

雨が降る闇の赫炎
母の背中で
子供はだまる
生きているのか
死んでいるのか
ちっちゃな足つかんで逃げる
ただ逃げる

稲を刈る青刈りの水子稲
背中に背負ってかまてへ揚げる
冷たい重い秋
角のとれた丸い背中から落ちる

背負う
また落ちる

## ひとあし

ひとあし
ひとあしごとに
深く墜ちこむどぶ田
振りあげたこの鍬
おろすところはどこ
ふんばれば　ふんばるほど
どぶ田ゆれ
振りおろす鍬　どこへゆく
堅い爪　太い指でつかんだのはなに
古びて強靱な胸から流したのはなに
仁王の顔をつたったのはなに

みずばな　涙だけか
テレビの中で
秋祭りの太鼓
たたいているのは誰じゃ

## 焼けました

焼けました
すべてが消えてなくなる
でもさ
焼けただれた樹々の奥から
突然現れた燃える緑
雲か
幻か
またその奥の田んぼのうねり
なにもなかったかのように

己《うら》をさそう

## 地平線に日はしずみます

地平線に日はしずみます
緑の田んぼのその先の
手をのばせば　とどくところに

もえたぎる夕日を
いつも　親父はにらんでいた

熔鉱炉から流れ出る真っ赤な銑鉄
肉親もよせつけないスパーク
すこしの　けがれもはじき飛ばして
すべての中に熔けあって逝く

あれぇ　花嫁さんもついてゆく
真綿のふとんを引きずり
顔を赤らめ時の中へ熔けて逝く

## あかぎれに

あかぎれに
まま粒詰めて野良に出た
まま粒硬くなり唾を付ける
丈夫で亀の手みたいな手
旱魃の田んぼのように亀裂はしり
血を落とす
富山の薬屋さんなぜこない

竹の皮に包んで
藁で編んだ一輪の猿の膏薬

とっくに切れているのに
火にあぶって溶かし
あかぎれにジュッと入れた
炉端の笑顔
児等がついた紙てんまる
どこへ行った

## 人一倍腰痛だった

人一倍腰痛だった
田んぼを一枚植え終わると
細い畦道で大の字になって寝ていた
娘さんが通る
跨いで行けといって起きない
娘さんは赤い顔をして
田んぼの中を通っていった

今　茶毘の薪の上で
大の字になって
寝そべっている親父

## 農婦が一人で物を碾く

農婦が一人で物を碾く
はやくもなし
おそくもなし
ちっちゃな田んぼで
実に正確に土臼《どうす》を廻す

はやく廻して
とげがとび出て
人さまを死なせてはなおあかん
おそく廻して

骨がなくなり
我が身が死んだらなおあかん

重い土臼を一人で廻す赤樫の腕
すこしずつ時間を臼に入れる
何十年もかかってやっと碾きあげた時間
時間を孕んだ農婦
はずかしそうに土を生む

## 百姓だから

百姓だから
種を蒔いているのではありません
親達の遺産を
子供達へ遺すだけです
生きる為に
田んぼを耕しているのではありません
早よう起こさんと
田植えに間に合わんからです

米をぎょうさん欲しいから
田の草を取っているのではありません
放っておくと
どうにもならなくなるからです

世間ていが悪いから
潰れ田を刈っているのではありません
一穂でも残すと
罰があたるからです

# お前がこんどの日曜日には

お前がこんどの日曜日には
畑に出て呉れといった
ああ出るよといった
その日が明日の朝も
ほんとに出て呉れといった
ああ出るよといった
その日
奥呑土《どんど》の畑だといった
行くぞといった
野良着も鍬もここにあるから
来て呉れといった
ああ行くぞといった
そろそろ出かけようかと家を出ると
お前は茜色の雲をいっぱい
背中にかついで帰って来た
すれ違いぎわ
一言
あほたれと言った

# かかあは正直者です

かかあは正直者です
かかあは働き者です
かかあは見えっ張りです
己《うら》が昨夜息を引き取ったのも知らず
己の部屋の戸をけし開け
いつまで寝ているの
今　何時やと思ってるの
よその人は皆んな働きに行ってるのに
いいかげん起きて仕事に行きねの

仕事に行かんのなら
田んぼにきなはいま

かかあは野良着で
素足に泥が付いていた
蒲団をかぶり息を引き取ったのを
知ってか知らずか
どこやらへの旅の餞《はなむけ》の声
やはり賑やかな金切り声
遠ざかる
足おと

# 目はもうすっかり駄目になりました

目はもうすっかり駄目になりました
でも顔を地面に擦りつけると
草の在りかがわかります
田の草取りで曲がった指
畑の草取りにもちょうどええ

おばばそれぁ草でないやろうが
家の中におれと言うのにわからんのか
六十の息子に
苗物むしっておこられた

おばば死ぐの忘れたのけ
いぃや忘れはせん
でもお迎えがこんことにゃどうもならん
いまに逝くでがまんしてくれ
孫が俺に嫁がこんという
考えてみればもっともな話じゃ

嫁にくるから姑に仕え

おじじに仕え
息子に仕え嫁に仕え
孫に仕えて
まだこの家には己《うら》の居場所はない

雨の日は草がようむしれます
雨具を付けない
小さい丸い背中を
雨は走る
おじじよ
いい加減迎えに来てくれんかの

## 止めました

止めました
コシヒカリは作りません

早稲のこしにしきは反当十俵穫れたのに
コシヒカリは反当七俵
お陰様で米選機の下は
豊作ホコホコ四反で八俵半も
屑米で売るに忍びん
そうっと精米して
口に入れた
うまい　こうばしい

病害米　虫害米　胴割米　肌擦米に
奇形米　発芽米　茶米に斑点米
乳白米　腹白米　青死米　白死米
どなたが御命名なさったか
俺達のお名前
でもこの落ちこぼれが言うのもなんだが
落ちこぼれにも落ちこぼれの味が
あなたらの一粒の中にも

三人の菩薩様が入っていらっしゃる
だけどコシヒカリはもう作りなさんな
ひょろ弱く病気にかかり虫にやられ
雨上がりの田んぼで腰折れて
顔を突っ込み踠いて死にそうなお前
もう見ておれん
三十年も前に逝ったおばばが
ぽつんと言った
己《うら》のどこかで

## 白い花

白い花
シカバナが咲く
野辺の懐に
新しい土盛りから伸びあがり
空一ぱいに広がる
こちらの村から
あちらの村へと
風が吹けば風になじみ
雨が降れば雨になじみ
ひとひら
またひとひら
霙から雪の日へ
嵐の刻から日和の刻へ
土をころがり
土になじみ
急ぎもせず
ゆっくり　ゆっくり
土と一緒に
何十年かかってやっとできた花
三昧に咲く

## 死にました

死にました
薄っぺらが
死にましたにつき
もやしてください
蓑虫の袋にも入れず
鴉の嘴にもかけられず
秋の最中
ごめいわくをおかけします

この年になり
やっと手にした
一本のマッチの棒
昨夜の雨でおしゃかです
でも土《べと》に埋めるなどと
おおげさなことはしないでください
できることなら
きのう脱穀した
稲藁に包んで
この河原で
もやしてください
火打石
ここにあります

## 己《うら》があさって死んだ

己《うら》があさって死んだ
田植えの最中なので誰も気付かない
お葬式なんか出さんでくれ
田植えがすんだら密かに燃やしておくれ
鴉はせっせと木枝を運ぶ

己があさって死んだ
土用水の最中なので誰も気付かない
火葬場までの道のりも水びたし
水が引いてから密かに燃やしておくれ
どぶ鼠はせっせと枯草を運ぶ

己があさって死んだ
秋の最中なので誰も気付かない
一日千日猫も忙しい
秋がすんだら密かに燃やしておくれ

夕日が綺麗です
あのひとみたい
あさっての己に手を振ってくれる
今はなに一つ変わったことはありません
明日の朝も

## いいえ違います

いいえ　違います
確か昭和十八年の夏
木製飛行機　人間魚雷
竹槍鉄砲　風船爆弾
戦場で間に合う物を作れ
先生は子等の工作を視て回る
これぁなんじゃ
棺桶じゃがの

今あの時作った棺桶に入る
蓋をした
死に節がいっぱい
外も内もまる見え
昼が暗くて夜が明るい

夏が寒くて冬が暑い
野良の声がギシギシ聞こえる
この棺桶使ってください
野辺送りにはなにも掛けずに
この節穴から
減反田んぼを見せておくれ
町の火葬場までの道のり
住宅並ぶ団地の中を
すけすけの棺桶が逝く

## あかねの積みに積んだ雲間から

あかねの積みに積んだ雲間から
雨の襞の谷間から
ひょっこり庭先に立つ七月

もったいないというては
ひっくりかえす
ばちがあたるというては
ひっくりかえす
世の中ひっくりかえる前ぶれやろか
若い者はほっとけいうけど
青刈り稲にも命はあります
よう乾かしてやると生き生きして
隣り村の牛に嫁入り
あれえ　又雨じゃ
さあ　おはいり新藁はん

刈られた腹は高ばらみ
よろよろ水子引きずり藁を干す
年老いた泥棒猫のような七月

## 詩集『藁小屋』（一九九四年）抄

### Ⅰ

### はんの木のある村

誰もが生まれた時を知らない
嬰児《みどりご》の爪のような新芽
おだやかな日をくすぐる
ちょうど気候のよい時節に
花はすんだ

ちょうど暑い盛りが過ぎた時節に
木の実を落とした
いつしか空はがらんど
あれだけの葉っぱ
何時散ったか誰も知らない

老農婦が畦道に座って実を拾う
野良着を真っ黒に染めるんです
腰をあげた時
空が真っ黒　誰が染めたやら
白いものが落ちてくる

### お盆の十五日

腫れた瞼の奥底に
弱い細いひかり
稲叢をかきわけ
頬に群がる蚋《ぶと》たたき

背なか焦げ喉渇く
田の水に唇あてて
喉鳴らす
うだばれた
草取りの顔

蓑笠のしかかる雨の日
背骨がしわる
穂孕みの稲かきわけ
身籠もった腹ひきずり
田の草を取る
昨日も
今日も
明日も

癌におかされ
床に臥して
やっと軀を休めると言った母
蠟燭の火
木陰に睡る

## 母が産湯を使う時

太い皺
七人生んで五人育てた深い皺
腹におさめて
誰も知らない
子供達は釜の蓋を取ってお湯をわかす
五人揃って湯船をかこんで
湯灌の産湯をかける
胃癌をやどして皺の消えた腹
荒田を起こし
苗を取り

稲を刈り
腹をよじらせ
末子を生んで二十五年
今日のよき日どこへ生まれた
子供達は思い思いに
生まれたての母に産湯をかける

# 年忌

あの頃は
兄は軍隊
母と姉と弟で
二町歩の田んぼを
必死に守っていたっけ
己《うら》は数えで十七歳
景岳支隊の農兵隊員
公用の腕章をつけて県庁まで来た時
時間をつくって家に寄った
母が一人で家の前で
苗を取っていたっけ
己はあるったけの声で母を呼んだ
ほとんど声にならなかったが
呼び終わらぬうちに
駆けあがって来た母
今一度母を呼んだ
母が田んぼから駆けあがって来る
日ごとに暖まる母の軀《むくろ》

# 十兵衛どんのおばはん

床に臥した農婦
うんこが出たといって笑う

黒いたどんのような
業のうんこが出たといって
なんか食べたいという
朝鮮あめか
清水《しょうず》の谷の水が欲しいという
うつろに外を眺めている

天気がいい
ももひきを出して
さっくりを出して呉れんか
田んぼへいかんとあかんのや
でも　体がうごかんで止めとくわ
ハハッと笑う
カラカラと笑う
もう食べたくないという
静かに眠る
倒木が朽ちるように八十の歳《よわい》

今　生まれたてのひとになって
逝こうとしている
孫がのぞく　そうっと

## つちことば

目を落とした
家を片付けるんだ
お仏壇のお掃除
お寺へ桶屋へ走れ
早よう帰って
夜伽のだんどりせんかい
己《うら》の夜伽じゃ
おばあちゃんまたはじまった
おばあちゃんまだ死んでないって

ああ　ほうか死んでんのか
ほんな夜伽は出来んの
たしかにさっき死んだと思ったのに
あれは誰やったんやろ
ほんとだ
まだ己の鴉鳴いてる
秋も済んでいい時節やったのに
業が深けいでのう

## 窓

いつかの聞きなれた声に
はたと糸車を止めた
しばらくして倉から出ると
あすこの老婆がマッチを盗っている
身をかくし息を殺す
マッチの棒五、六本付木一枚を残し
流しの戸口を出て行く
夕方あすこの家の茅葺き屋根からも
弱い煙があがる
もうどこの農家の煙も疲れている
みんな大根飯を炊いているのだ
あくる日老婆が嬉々と正気のように
戦死するわけないと信じていた息子が
ゆんべ倉の二階の窓から帰って来た
銀飯炊いて食わせてやったら
たらふく食べてまだ寝ている
あの窓からのぞいて見て呉れ
竹梯子をしっかりかずいてる老婆
狂ってはいない　すこしも

## 約束

生まれたての今日は
死にたての今日です
死にたての今日は
生まれたての今日です

すう息は生まれたて
はく息は死にたて
はく息は生まれたて
すう息は死にたて

あれが約束じゃが
死ぬ日が決まらにゃ
この世に出れん
名誉の戦死なんかじゃねえ
約束じゃがいの
九十の齢《よわい》を過ぎて一人言
それにしても
己《うら》の約束の日はいつ
もうろくせんうちに
逝きていもんじゃ

## 木枝

木枝ではありません
田の草取りで曲がった指です
曽孫が
ちっちゃく曲がった指を吸う
「うまくはなかろうが」

でも離すとおこるんです
土の香りの染み込んだ指
田んぼを上がって二十年
畑をあがって五年
今は指のがさがさもとれ
爪の垢もとれ
素直になった黒い指
今　仕事をすませて
お迎えを待つ

## 出会い

一羽の鴉ばたばた
畑でもがく
声立てて泣き叫ぶ
火の鳥
死者の使者
よく見ると
生まれて二ヶ月
不具の鳥
畑を荒らす
お前の親は憎いけど
お前にゃ何の罪もない
両手でかかえて
どうしょうこうしょう
空を見あげて
連れにこい　連れにこい
羽ばたかせ空へ揚げては
西瓜に躓く
馬鹿親よ　どこで鳴いてる
早ようこんかい
割れた西瓜を食べさせる
六十農婦の本卦還り

# 枯葉

少し腹が痛んで
生まれて初めて
医者に手をにぎってもらった日
ぽっくり逝った
何人もの子供を片付け
壊れかかった家を建て替え
息子に嫁が来て
ほっと肩の荷を下ろしたら
命まで下ろしてしもうた
でもいいことに
春先に植えた蓮が花盛り
蕾もあれば散ったのも
葉っぱにかくれて実もある
蓮池の家
茎の折れた枯葉ひとつ
己《うら》みたいにだらしなく
その肩先に花弁がかかる

# 境界線

真っ直ぐより曲がったほうがいい
年がいくと
腰が曲がる
背中が丸くなる
心も丸くなるというがどうか
四角四面の大きな田んぼ
機械を使うに便利はいいが
風が吹くと田水が片寄る
風上はすっからかん
風下はどぼづかり

苗の植えだての頃は困ります
真っ直ぐより曲がったほうがいい
曲がった野道がある
曲がった小川がある
曲がった畦がある
曲がった田んぼに
ばったり出会った

農家の欅に夕日がかかった
くねった小川に茜が映えた
樹木の一本もない沖田の火葬場
地平線を歩いてくる

## 火玉

声が生まれた
暗がりの中で
パチッ
パチッパチッパチッ

まばたきが生まれた
チカッ
チカッチカッチカッ
にぎわい
しばらく止まず
火打石の火花か
線香の花火か
村をこがす

春がきて冬がきて
八旬の齢の己《うら》一人
誰もいない
たにし　ほたるもどこかへ
あれは狐の嫁入り
己の骸《むくろ》か

## 死者と裸者

菩提樹の根っ子は死者を追い出す
藪たたきにあった雀のように
逝った村人
黄泉より還る
裸の幼児
小さな手をあげて
雀を呼ぶ
蓮の花弁に包まれた
村の盆
乳熟した稲穂で
雀は休む
誰もいない在所
一人の幼児
雀と遊ぶ
雀かと思ったが
死者かも知れない

## 海峡

百ぺん死んでみてから
やっと死げます
幼児が
呼ばれた声に

笑顔で答えた時のように
千べん死んでみてから
やっと死げます
幼児が
言葉にならない言葉を
んまんまと言った時のように

万べん死んでみてから
やっと死げます
幼児が
這うて這うて
立って歩いた時のように

## Ⅱ

# ネパール

ここでは
なにもかもが生まれたてです
人々も皆ヒマラヤの山々のように
生まれたてです
ゆっくりして　おおらかで　素朴です
かぎりなく汚れたものをよくみると
かぎりなく美しく
かぎりなく醜いものも
かぎりなく綺麗で
かぎりなく弱いものも
かぎりなく強く

かぎりなく貧しいものは
かぎりなく豊かです
だれ人も草を負い
荷物を負って素足で歩く
高地の岩肌をゆっくりと
生も死もありません
祈りがすべてです
ナマステ
日は昇り
日は沈む

## ナマステ

生まれてくるとナマステ
旅立つときもナマステ
目ざめの時もナマステ
眠る時もナマステ
人は会えばナマステ
見知らぬ人にもナマステ
あげるもナマステ
もらうもナマステ
鍬も食器もナマステ
牛も羊も鳥もナマステ
枯葉もナマステ
草木水ナマステ
星雲風ナマステ
土岩砂ナマステ
ヒマラヤの山脈のようなナマステ
ガンジスの河のようなナマステ
ナマステ　これはもう
言葉なんかではありません
此の世の総てを抱擁する
不思議な弦のひびき

これがほとけかもしれない

## ポカラ

一人とぼとぼと
天竺を旅行中です
これで三度目
旅ごとに
荷物は小さくなります
でもカミサンの小言は
大きくなります
その分　旅を長くします
家を出ればこっちのもんです
セティー川の岸辺で
寝たり起きたり
旅は帰らないほうがいい
でも懐具合で帰ります
そのうち銭のいらない旅をします

## セティー川

これがみず
これはみず
幼な子たちの足をなぶり
寂かに流れる水
塵ひとつないすんすんの水
ここはポカラのセティー川
マチャプチャレから湧き出る泉
この盆地の器にこぼす
今　最後の沐浴をすませた
茶毘の人
一時のうつわ燃えて

煙はあがる
亡き人は今　河なる羊水に包まれて
ここを離れる

## ベナレス

ひと一人が　ガンジスをゆく
右手を川面にひたして
掌の中の灯明を流す
流れが止まっているような河
でも親たちが手から離れる
妻子も黙って手を放す
孫達も笑いながら手を振る
ここは天上の河かも
ゆっくりと流れて
渺々《びょうびょう》とはてしなく

キラッキラッ光っている
なにもいらない
彼岸もいらない
風のゆきかう聖地

## ルンビニー

立ち止まると
風も止まった
なだらかな土地は
どこまでも広がって
なに一つありません
朽ちたストゥーパと
大きな菩提樹だけです
チベットからの巡礼者か
老婆が五体投地のお祈りをしている

その他に人影はなく
己《うら》もいない
親達も孫達もいない
いままでと　これからが
いま静かに
息を引き取ったところです

# Ⅲ

## 風

己《うら》が死んだのです
来年春の彼岸のお中日
したがって来月三日
この藁小屋にてお葬式
お寺さんは呼びません
手前が阿弥陀経をあげます
会葬者はあなただけです
棺桶はいびつだがいいのが出来た
三昧の火の壺には
藁と木炭三俵敷いてあります
彼岸の中日にその上に棺桶を置く
手前が入る
じゃあね
あなたが火をつける
枯葉から藁へ炭へ燃えて燃えて
骨もみんな綺麗に灰になります
一風くれれば跡片もなし
こんどの三日是非御会葬ください
つもる話も
来年のことを言うと鬼が笑うというが
今年葬式を済ますとなると鬼はどうする

楽しみです

## 心

じいちゃーん
はやくおいでよ
心が飛んでるよ

ああ　ほんとうだ
だからいったでしょう
キャベツの上を
薯畑の上を
跳ねたり　飛んだり
舞ったり　踊ったり
毬みたいだね
たのしいんだね

またまた　あすこにも
二ついっしょに跳ねてるよ
黄いろいのも
小っちゃな茶いろもいるよ
ああ　あの心あんな高いところへ

あれは爺の心だ
天国へ行くんだよ
ほんと　うそばっかり
あれは　ちょうちょよ

## お葬式

シロが帰って来た
純白の毛並になって
門《かど》の小菊の傍に納める

ご飯とめざし三匹
ろうそくに火が灯る
読経が流れる
線香の煙
走っては止まり
じゃれては止まる
シロが死ンダノ
孫娘の声追い駆ける

爺が死んだら
こんな葬式を出しておくれ
こんなにいい葬式にしておくれ
返事をしない
誰も

## 竹棺

何軒かの家を建てて
人様に喜ばれたことも
でも今は仕事が遅くてまずい
昨日もお世辞に
いい仕事をされますねと言われた
年貢の納め時です

これからは己《うら》の栖《すみか》を造ります
材木はかねがね用意してあります
目もうとうなって
頭もぼけて来たが
もたもた気ままに造ります
西側の板壁の節穴を抜いて窓を作り
落月と遊ぶ

間口二尺
軒高尺八寸
奥行き五尺八寸
出来上がったら壁に天井に
孫達が絵を描く
それはもう造らなくてもいいぐらい
ぜいたくな己のすみか

## たわごと

生まれてこなければよかったのに
生まれてしまった
生まれたからには
早く死んだほうがいいのに
もたもた生きた

親が死んで
親になり
孫が出来て
本卦還り
帰る本家はどこにあるやら

ばたばた生きて
雀に笑われ
小賢く生きて
狐に笑われ
人さまこづいて
鶏に笑われ

今朝も鴉に起こされた
鴉の声が澄んでいる
いい天気だと思って外に出たら
曇り空

あれえ
西の空が真っ赤っか

## うらんどこの祭

孫達が担いで行く
己《うら》の棺桶
爺い　少し重いな
爺い　一休みしようか
孫達は野道の真ん中でみせびらき
すこしも変わらんな
生きているみたい
笑ってる笑ってる
ああそうや
旅行にゆくときの爺の顔じゃ

インドではな　死んだら
この頭陀袋の中に入れて
野辺送りをするんだぞ
爺がしゃべった
その頭陀袋肩に掛けてある
中は枯れた蓮の葉一枚
んな　いこうか
祭りのみこし
村道を行く

## 土笛

己《うら》が死んだ
例のころりというやつだ
葬式というほどのもんじゃないが
ぼんさん一人でやってもらった

荼毘は何年も使われていない
在所の三昧
沖田の真ん中にある

おりからの春一番
燃えるは　燃えるは
ごおう　ごおうと
田んぼが動く
土笛が鳴る
煙も　炎も　灰も　焼骨も
横ちぎりに田んぼを走った

## 秋色

己《うら》が死んだとき
己が生まれた時のように
よろこばしくも
悲しくもなしに
いつもの朝のように
風がすこし冷えて
家の前で立ち止まっていた

野辺送りのとき
痩せた野良犬が
いのこずちを体いっぱいにつけて
駆け付けてくれた
セルピリェールという頭陀袋に
己を入れ
田んぼ道を引き摺っていった

己の命日
己にも生まれた日時があったように
あることはあるが日時を知らない

田んぼの真ん中の火葬場は
たわわに実った稲に囲まれて
彼岸花がやまもりに咲いていた
真っ赤な花盛りを白い煙もゆっくり靡いた

# 着信不明

前略
長いことお世話になりました
お陰様にて不肖私
一昨日昼寝しながら
なんの苦もなく逝けました
死に病と銭儲け
これ程つらい事はないというけど
こんなに楽に逝けるのなら
もういっぺん死んでみたい程です
でも己《うら》の還る器はもうありません
いや己はどこから来たのか
どこへ行くのか
この手紙のように
行き先知らず
小さい田んぼの片隅から
蓮の花のはなびらみたいに
ひら　ひら　ころ　ころ
お日がらもいい
大安吉日
じゃあね　不一
旃陀羅《せんだら》

## あとがき

生まれて死んだ。私の父母が、その祖父母が、それからその祖父母へと遡ってゆくと、私にも何百万、何千万と数かぎりない祖先があり、そこには国境もなければ、人種の別も無かったかも知れない。人も獣も樹木も静かに、生まれては死んでいった、因縁のくりかえしだ。それこそ、ガンジス川の砂の数ほどの中からの一粒の種から、ひょっこり私の父母が生まれ、なぜか、私一人も摩可不思議の因縁によってこの世に出て来て、日本の片隅で百姓をしている。

今三人の孫に囲まれて幸せの中にも私は私の、百姓の終焉を見とどけようとしている。人が食べ物を人様にたよる時、絶対に平穏でなければならない。食を貰う人は自己の持ち物を、さらけ出して一本の棒切れも持ってはならない、拳も振り上げてもいけない。心は聖のように謙虚でなくては一つの揣食《たんじき》（おにぎり）も授からないだろう。さもなくば又武器を持つか。いや、核戦争にならなくとも、今日のあらゆる文明が地球や宇宙の環境を破壊して人類は滅亡する。この地球上で人間ほど傲慢で悪い者はいないのだから、人間が消えて亡くなればそれでいいのかも知れない。

そんなことを思う私。又詩集を出す。ほんとうは出さないほうがいいのですが。タイトルは、故則武三雄師に書いてもらってあった表札を。装画は、日本画の稲井田勇二さんのを使わせてもらった。体裁の整ったところで何時もお世話になっている広部英一さんにきりっと帯を締めてもらった。さあ、一羽のこの鴉、空を飛べるか。

一九九四年十月二十日

山田清吉

詩集『田んぼ』(二〇〇一年)全篇

## からっぽの村

あっちの百姓も
こっちの百姓も
真冬の案山子のようだ
穀象虫に食われた米か
口を開けてぼさぁっとしている
己《うら》に働くなということは
死ねというようなもんだ
と言っていた老婆のように
村の米の中から菩薩様が出て行かれ
また　おひとりも出ていってしもうた
最後のおひとりももういなはらん
村から若者も子供も出て行き
死にかかった一人の百姓の
日なたぼっこ　まだ少し暖かい

## 無題

とうとう刈り穫られなかった
イネイネイネイネイネイネ
足折れて　手ちぎれ　首折れて
初雪に覆われて
野垂れ死んだイネ
広い平野の真ん中で
その数知れず
中国四川省長江沿いで生まれた先祖
この島国に来て何千年
今までにこんな異変があったか
欠けた顔に雪つもる

イネの氷河人
美しく惨く
スズメの一羽も来ない

## 永年転作

足重く杉田へ来ると
カチッ、カチッと音がする
あれは鹿の爪音か
いや、いつかのあの音だ
肉もない石ころだらけの
痩せ田を起こす鍬の音だ
いるいる親達が
小鳥か母親か
小石を寄せては
苗を立てている

風も息をこらえる
緑の苗の卒塔婆が並んだ
夏になり秋がくると
無垢の稲穂を必ず付けた
一羽の鴉
今、その揣食《たんじき》（おにぎり）を授かる

## おっ母《かア》ん

己《うら》の生まれたのは
晩稲秋の最中やった
おっ母んは己が入っている身重で
前の日まで稲刈りをしていた
己が生まれたのは朝やったかも
あわてもんだから朝だったと思う
祖母も伯叔母等《ら》も出て来た己を見て

なんじゃこれ　瘦せこけて猿の子か
こりゃ七日ももたんなぁと言った
親爺も誰も名前を付けようとはせん
おっ母んは早く名前を付けてと言った
ほんな己が幸か不幸か長患いもせず
七十一年も生き長らえてしもうた
覚えが悪うて校内一番の劣等生
尋常科一年生の修了式から家に帰った時
祖母の七回忌でか伯叔母等が来ていた
ぼう　校長先生から御褒美をもらったけ
ほんなもんもらったら雄猫産すらァ
伯叔母等は腹をかかえて笑った
叔母は涙を出してころげて笑っていた
己は皆んなが笑っている訳が解らんかった
おっ母んは寂しい顔でその場を離れた

# 貌

青田をかきわけ草を取る
土中深く手を入れて草の根を取り
稲の根を指櫛で梳く
真夏の土用の日
咽かわき一足先の田水をのむ
小なぎの青い花に唇をつけると
般若の貌が水面に動く
一瞬ためらうも水もらい咽をならし
貌の中へ草を押し込む
畦道まで腰ものばさずに
雨の日も田の草を取る母
汗とべとで創り続ける野良の貌
瘦せた顔がうだばれて丸くなった
でも　上瞼たれさがり重い

細くなった目の奥では何かを焚いている
戦場《いくさば》の息子を想い
軀は虚ろに草を取る

# 吉日

親爺の誕生日を己《うら》は知らない
でも　親爺の死んだ日は知っている
昭和十五年暑い暑い夏の盛り
田んぼで倒れて戸板に乗って帰って来た
鴉の鳴かない日はあっても
己が親爺に怒られない日はなかった
その親爺がもういないと知った五年生の時
己は生まれて初めて哭いた
おっ母んの誕生日を己は知らない
でも　おっ母んの死んだ日は知っている
昭和二十八年寒い寒い冬の盛り
胃癌に苦しみもだえて逝った
いつも親爺が己に投げた火箸を
あの　きゃしゃな体で受け止めた
おっ母んは死ぐ時己の手を
なぜかおっ母んの胸に引き入れた
あの力とぬくもりが己の道になった
己の誕生日を己は知ってる
でも　己の死んだ日は知ることはないだろう
ただ　某月某日であることは確かだ
父母の死んだ歳《よわい》をとっくに過ぎて
孫達にかこまれて歓喜の中で死んだ
あの年で初恋もした
己の死んだ日は小春日和だったけ
凩の日だったかも知らないよ
とにかく大安吉日の日だった

## 晩稲秋

紅葉もすっかり落ちた
晩稲の稲刈り脱穀も済んだ
天気の良い澄んだ朝の村に
発動機《ハットキ》の音が響きわたる
幼い孫達も家中みんなで臼摺り
米選機を流れる一粒一粒の米つらなり
滝のように落ちて河になる
己《うら》んどこのガンジス河じゃ
ひさしぶりの豊作である
人は死んだら三年分の米を食う
今夜あたり逝けたら最良
葬式に使う米はたっぷりとある
今季も三度の飯を戴けて
温かい布団にもぐって眠る
このほかになにが欲しいか
なにもいらない
今夜はことのほか
囲炉裏火は麗しく燃え立つ
明日は雪かも
己の屍の上に初雪がかかる
あわい夢を観て　こっくりこっくり
孫が爺の背中にかずき布団をかける

## 一粒の米

曼珠沙華が棚田を盛って染めている
お前が彼岸花の千本も抱いて
山田の奥の三昧に入るころ
広い平野を稲穂が黄金に染めている
お前は百万の稲邑にかこまれ

あのあたり一面の彼岸花に盛られて
夕焼けのように真紅に燃えて笑っている
紅葉が山肌も村も染め上げたころ
お前は落葉に軀を埋めて楽しく
お前のデスマスクを焼いている
籾殻焼きの煙突から一筋の白い糸煙登り
緋い朱い紅い赤日《せきじつ》がお前の中に沈む
お前はお三方の菩薩に抱かれて空に昇る

## 風邪も楽しい

ただぼけっと臥ている
体のあちこちに湿疹が浮き出て
節々が痛む
湿疹は痛くもかゆくもない
少しチクチクする刺激は快感でさえある
田んぼへも行かずごろんごろん
家の者は　じいちゃんまたなまけて！
でもこの湿疹は孫達に見せない
怖がって逃げてしまうから
幸い顔に出ていないのがいい
三十七、八度の微熱の中をさまよう
ふと天国とはこんな所かとも思う
国際空港を離陸した気分だ
やあ、黙って出てきたが今は機中だ
行き先はどこか解らん
孫達の飛ばしたシャボン玉の中みたい
まだ皆んなの顔　見えているよ
まもなくシャボン玉は割れるだろうけど
いまはとってもいい心地です

## 百姓のおんさん

百姓は詩を作らない
田んぼを創っているから
百姓は絵を描かない
百万の色と線描の中で働いているから
百姓は字を書かない
田んぼに鍬でへのへの文字を書いているから
百姓はソロバンをはじかない
田植えにしろ何万回も同じ事をくり返すから
百姓は歌を謳わない
田畑の仕事で骨々が軀の底で謳っているから
百姓は生死を知らない
日毎蛙やミミズの生死と対峙しているから
百姓は笑わない
風が笑い麦秋が笑い稲が笑い笑っているから

百姓のおんさん雨に濡れて水洟をたらして
祈りの呪文を呟き田んぼ道をあがってくる
雨で濡れた夕暮れの道白く光り人影を建てる

## 今昔

昔は己《うら》が大嫌いじゃった
のろまでぐず
欲深くがんこでわがまま
たたき殺してやりたいぐらいじゃった
でもこの己と七十年も付き合っていると
このぐずものろまも欲深もがんこも
わがままにも親しみがもてる
今じゃ己のしたいようにさせている
だって己は己の己であって
己の己ではない

なにを思ってか寝床はもぬけのから
あの時はインド巡礼という口実だったが
おいー　こんどはどこへ行く
さあーね　己にもわからん
こんな己が好きになってきた己
もうすこしつきあってみるか

## 春蟬

己《うら》の五分は百姓
三分は木っ端大工やった
あとの二分はなにかわからん
ひょんなことから木の木っ端をなぶる
今日も縁側の日だまりで木っ端と対峙
錆びついていた鑿はどれも光ってきている
新入りの小さい鑿も二、三本加わる
仕事台の上の小さい木の木っ端に
息を止めて　そーっと鑿をおろす
サクサクくる日もくる日もサクサク
時間もわすれる　飯もわすれる
香木の甘い匂いが立ちこめ
あたりはすっかり暗くなった
棺桶の中に入ったみたいに静かだ
でも己の手はひとりでに動いている
一編の詩をサク　サクと彫る心地
百姓の木っ端大工の冷えていた体がほてる
背中ぬくもり無心に楽しい
己の手の中で木の木っ端が立ってきた
そうら　この手の中に蠢くものが
少し動いた羽根はまだ濡れている
下手くそでぎこちなくかっこう悪いやつ
蟬じゃ蟬　春蟬が出てきた
サク　サク　まもなくおとは止む

## 百姓の孫

じいちゃん
畑の仕事もせんで
なんでどうぞうばっかり
作っているんにゃ
じゃまになる
だけじゃねえけぇ
八歳の孫娘が言った
もっともなこっちゃ
お前の言う通りじゃ
血はあらそえん
孫にも百姓の血が
それもかかぁの血が
どきっとしたけど
うれしかった

## はんたいこら

恥ずかしい話やけど
歳《とし》を言うたら化けもんじゃがいのう
午前《ひるまえ》はテレビを見て午後《ひるから》は草むしり
もう　遠くへは行けんけど
お宮はんの前と琵琶田の畑へ
ほんの暫くやけど草取りに行く
ほうしると　食べもんはうまいし
夜さりがよう眠れる
寝てるまにお参りさせておくれと
そればっかし思うて床につく
でも　朝になるところっと目があく
また　お参りでけんかったのう
己《うら》んどこははんたいこらやで
よけいに寂しゅうなる

体はどっこも悪いとこねえ己の体
こんなやったらいつお参りできることやら
息子の嫁が己の先に死んで
ただでさえ心ができんなっているのに
孫等も皆んなで己を大事にしすぎる
おばば危なえで畑へ行くなという
でも己は誰もえんまに草取りにいく
目は見えんかってありがていことに
耳がしっかりしているでのう
自動車には轢かれんて
ほんなことになったらおおごとやでのう

おばあちゃんの気持が良くわかる
本当だなと私は思う

## 仕事師《しごとせ》

針金軀の頭《かしら》に大きなギョロ目を付けて
三年のシベリア抑留生活から
帰って来たあいつ　ぽつんと言った
自分ながらよう生きて帰れたもんじゃ
ただそれだけ　多くは話さん
ただもくもくと働いたあいつ
一日に一反　新田《あらた》を起こしたという
村一番の仕事師
土方仕事も本職顔まけ
あいつのスコップは輝きが違っていた
七十六歳の去年まで土方仕事
スコップ使いを誰しも褒めた
あいつは我が頭を指差して
己《うら》は　ここが足りんでのう

これしか出来んのやと笑った
昔使った三ツ鍬の柄の握り
しっかりとくびれている
釈白道　この村の最期の百姓
その鍬をかついで
どうどうと極楽へ逝く

## 春さきに

どうして　どうなったのか
誰も知らない
昼の帰りがあんまり遅いがと
おばばが田んぼへ見にいった
トラクターは土手にぶつかり止まっていた
田んぼにおっつあはえんがのう
なんやら　胸さわぎ

起こしさしの田んぼをたどったら
ぼろ布がべとの中に埋まっている
あぁ　おっつあん！
おばばは死に力でべとをほじくる
おっつあんの手が顔が
それからどうしたか
おばばは知らん
気が付いた時
座敷の真ん中でおっつあんと寝ていた
この家に嫁いで来た日のように
おぶっだんに　お火がともっている

## 安堵

東京でめっぽう出世したという玉はん
時おり在所に帰っても

在郷言葉を使わなかった玉はん
ここ二、三年しきりに帰ってくる
墓掃除じゃがいのう
親の家《ち》がつぶれて屋敷ものうなり
墓だけになってしもうた
墓は親戚にまかせきりやったでのう
盆じゃ親の命日じゃのと帰ってくる
こないだも帰って来て
荒れている在所の三昧を掃除した
玉はんの息子はんから電話が
区長さん在所の三昧を使わして下さらんか
確か七十五歳はすんでる玉はん
息子はんに背負われて在所へ帰った
深緑の三昧から煙はあがる
うれしくてたまらない煙
おおきんのうー　いうては
こおどりして空へ　たかみへ

## 畦をかける

鍬で起こした田んぼのべとを
去年の畦骨の上へしっかりのせます
雪どけの冷たい田んぼに赤足で
かじかむ手でべとを抱えて畦を創る
畦を見ただけでどこの田んぼか解ります
どっしりとした太い畦
細くてひょろひょろ雨でくずれそうな畦
その家の親爺の気性が
畦に起こした田んぼの鍬跡に
植えた田んぼのうねにも現れます
そそう人　ねんしゃ人
短気　のんびり　だわもん
田んぼの姿は親爺の現身そのままです
飼っている牛もその人に似ている

## 田んぼ

田んぼは己《うら》のかかぁみたいなもんです
深くて大きくべとを起こさんでも
すこしそそうに田植えをしても
田の草取らんとなまけていても
田んぼはいつも笑っている
水が欲しうても黙って口を開けているだけ
雨が降れば嬉しそうに口を閉《と》だす
田んぼは己になんにも言わん
ただ　にこにこ己の仕種を見て笑っている
たたいても、おこっても、踏みつけても
四十五日も田んぼへこんでも笑っている
これは　己のかかぁじゃがいの
老いぼれの好きなようにさせている
もっとも己のかかぁにこの詩《うた》見っかったら
頭をたたき割られるかも
でも　たたき割られる程の頭はない
田んぼは今の己を見て黙って笑っている

## たこ

今日は何月何日かを知らない
平成何年かと急に問われても言えんが
ありがてえことに今年も稔りの秋がきた
田んぼの仕事は昔にくらべたら極楽
田植えから刈り取りまで機械でする
機械にはうんと金がかかるけど
昔から金は持てんように出来ている百姓
ぜいたくせんかったら食うには困らん
どんなことがあろうと
天地がひっくり返ろうと

田んぼは田んぼのままにしておけばいい
減反　ほんな事己等《うらら》の知ったことか
ただ己等の家族が食べるもんを
田んぼからもらうだけじゃがいの
人様にたよったらあかんぞ
耳に出来たたこが今も話してくれる

## あんさんのこと

こないだ六兵衛どんのあんさんが
おまいなさったんやってのう
七十とかいっていなさったけど
あすこん家《ち》も迷惑はせんでしょうが
あのあんさんはよう働きなった
己等《うらら》が時たま朝早ように田んぼへ行っても
もうあのあんさんは一仕事していなさった

村の人足仕事に出なはっても
皆んなそろそろやろまいかいのと
一番先に仕事にかかんなさった
仕事をしていても無駄口はたたかんかった
一ぺんだけお寺の事で怒っていなはったが
あとはもうおだやかなもんでごえしたのう

詩集『だんだんたんぼ』（二〇〇四年）抄

I

## あのとき

将校を乗せたサイドカーが女を轢いた
街角でひっそり立っていた女を
兵隊を乗せたトラックが女を轢き潰した
それから何台もの戦車と
歩兵の縦隊軍靴が踏んで行った
干涸びてひと形のぼろ布一個
大陸のおじさんが通りかかり
ひょいと女を引き起こして抱えた
五十年も過ぎた昨日の今頃
二人はなに事もなかったかのように
手を繋いでたそがれの杜《もり》に消えた

## エンピツの音

ナモアミ　ポキン
あァ　エンピツが折れた
あれの身の上に何かが
いや己《うら》がエンピツをなめて
力を入れ過ぎたんで折れたんじゃ
ナガタンで折れたエンピツを削る
ナガタンが切れんのかうまく削れん
あァ　又折れた削っていて折れた
折れては削り　やっと削れた
あれが使ったちびたエンピツ
ナモアミとなぞりダブツと書いた

ナモアミダブツ
生まれて初めて己は己の想いを
戦場《いくさば》にいるあれにとどくように
弾にあたるなと祈りながら
あれの写真の裏に書いた
己の声あれの入営姿の面に浮き出た

## 誉れの家

昭和十八年高等科の生徒は学校から
誉れの家へ稲刈りの手伝いに行った
おばはんが表で己等《うらら》を待ちかねていて
田んぼへ連れて行く
おばはんと一緒に稲を刈る
己はおばはんより早く稲を刈った
たしかもう一人の友達と行った
己は勉強は苦手じゃが稲刈りは大人に負けん
お昼におばはんは田んぼへ御馳走を運んだ
僕等食べてくれうんと食べてくれ
おばはんは終始にこにこしていた
夕方までに刈った稲をはさばへ揚げた
帰りにおばはんは何度も己等に頭を下げた
おぅきんのぅ僕等が来てくれて助かったと
誉れの家は戦死した人のいる家のことか
出征している人のいる家のことかは知らん
大きい家じゃがおばはんの他に誰も見えん

## ちょっと待て

これですけの　米じゃがいのぅ
町の孫等に喰わせる米じゃがいのぅ
だんなん　闇米じゃござんせんぞの

んな　豚箱でもどこへでも入りますげのぅ
でものう　天子様にあげた命二ツ
息子二人をここに連れて来てくださらんか
そうすれぁこの米でも
己《うら》の命でも置いていきますげの
戦死した息子の子供が飢えているんで
こうして米を持っていくんじゃがいの
だんなん　道を開けてくださらんかのう
十時の汽車に間に合わんとかなわんですげ
なにを迷っていなはるのけ
だったら早よう署長はんにでも電話で
大村の婆《ばばあ》がこう言うて動かんといいなはれ
早よう　早よう電話しなはらんか

だんなん　ほんなら己ゆくでのう
てま取らして悪るうごえした

ちょっとこの米背中に乗せてくだせい
重い米をかついだお婆《ばば》　駐在所を出る

## 八月十五日

村のもんは皆んなお寺のお御堂《みどう》に集る
正午になった　陛下の玉音がラジオから流れる
人の声のようだ　でも何を言っておられるのか解らん
タエガタキヲタエ　シノビガタキヲシノビ
己等《うらら》子供にはこの言葉だけしか解らん
放送が終わった　大人達が言うには
耐え難きを耐え　忍び難きを忍んで
本土決戦に備えよ　と言うお言葉らしい
いよいよか　皆んな肩を落として散会した
夕方近くになって村は急に賑やかで明るくなった

日本は負けたんじゃ新型爆弾に竹槍じゃなァ
日本は神国じゃ必ず勝つと言っていた人が
急に　負けてあたり前のような事を言った
戦争が終わった　空襲はもうないんじゃ
今夜から灯火管制はせんでもいいんじゃ
夜になって電気の傘の黒い布を取った
煤けた家の中が輝いている
兵隊に行っている兄《あん》ちゃんが帰ってくるぞ
ぞくと嬉しい歓喜が茅葺きの家を震わす
己《うら》は隣の道ちゃんにその事を知らせに行くと
十日前におんさんの戦死の公報を受けた
おばはんだけが一人しょんぼり
電気の黒い布はそのままの下で正座していなはった

# 脂汗

あの一件は
口が裂けても話すまいと思っていたのに
今になって夜毎　幻覚に苦しむ
もがく己《うら》は高く放り上げられ
下から剣付鉄砲で突き刺される
目が覚めると脂汗でびっしょり
己等が中支の村でやっていた事が
死にしまの歳になって復讐されるのである
話さなければ　話して吐き出さなければ
狂い死にそうです
放り上げて突き刺した小さな男の子
あの子をなぶり殺した
息が絶えてからも枕でも突き刺す如く
兵隊は次々と放り上げては突き刺した

血糊　血の臭いがこの体に染み付いて
落ちてはくれないのである
この五十年　朝に晩に洗っても洗っても
落ちてくださらんのである

## 人間である事が嫌になる今日此の頃

何故に人間は人間を殺すの何故戦争をするの
福井市のような小さい町でも昭和二十年七月
B29の編隊百二十機で焼夷弾九千五百を投下
死者六百余人重傷者千二百余人の惨事
焼率九三パーセント町の外側から渦巻状に焼き尽
くし
年寄り女子供など皆殺しの作戦を履行した
ヒロシマ　ナガサキは原爆で皆殺しに
沖縄戦でも兵隊でない人の犠牲者の数々
アジアの各地で多くの人を殺した日本軍
戦後憲法第九条で陸海空軍その他の戦力は
これを保持しない　国の交戦権は認めない
あの殺された人達に誓った戦争の放棄が
今又　戦闘状態にある外国に陸海空の自衛隊を
そろって派遣する事態に対して国会が承認
石破防衛庁長官がイラクへの派遣を命令した
重機関銃を据えた装輪装甲車も加わった
国会議員とは議事堂の赤絨毯を闊歩すると
憲法も法律も無視し蹂躙してもよい権力が付くのか
アメリカがイラクで使用した劣化ウラン弾
使える核兵器の開発に取り掛かったアメリカ
その尻馬に乗って核の軍縮どころか核の傘の下で
ミサイル防衛　福井県の原発銀座を防衛出来るの
昭和六年九月柳条湖事件は旧憲法を干犯した
昭和七年三月満州国を捏《でっ》ち上げた日本帝国
ひと握りの大臣が犯した罪に国民総動員令の暴政

今　国会議員の中に国を心から憂えて
政治に携わる人はいるのか一人もおらんのでは
私腹を肥やし名誉欲に溺れヒロシマは無い
国会議員は税金泥棒の集団派閥かも
能天気みたいな参議院議員は必要悪
近頃　新聞も読まない　テレビも視ない
己《うら》が人間である事が嫌になって来た
もうたくさんだ　やめて呉れ　人殺しを
憲法九条は軍靴で踏みにじり外堀を埋めた
国民という羊は底なし沼に落とされるのでは又も

## Ⅱ

# じゃがいも

じゃがいもを植える
春のお彼岸の頃になると
かかァがじゃがいもを植える
今年　初めて孫三人も手伝っている
植えているいもの中から二ツ三ツ失敬した
いもを観ているといものかたちが見える
一つのじゃがいもにもそれぞれ個性がある
深く重い量感に圧倒される
美しく愛らしいかたち
ほろほろ　笑っているかたち
すねて怒っているかたち

食べてしまいたいかたち
その素《す》を描くのである
この老いぼれの眼に見えるままを描く
カッコよくは描けないが
泥臭くなら描けるような気がする
いつのまにか孫娘が見に来ていた
じいちゃん　そのいも死んでるよ
ほう己《うら》のデスマスクか
それには程遠いし

## 雨の中の稲刈り

雨の日の稲刈りはいいようで悪い
小降りじゃったら暑くないしいいが
大降りときたらどしょこもならん
菅笠も重くなって鎌を使うたんべに
首がもげ落ちそうじゃ
ばんどりも雨をぎょうさん吸って重い
かかァが泣きぐずる子を背負って
稲刈りをしたこともあったが
ばんどりの濡れたのは死屍を背負って
稲刈りをするようなもんで重い
汗と雨水は首筋から胸につたってくる
夕方になっても雨はまだ止まん
背中から腰まで川に入ったみたいにずぶ濡れ
今日は稲を揚げられんな
二人は白い畦道を帰る

## おばばどうし

ほう　ほうやってさ
己等《うらら》は川ん中の杭みていなもんやって

息子の嫁はんは朝が忙しい
三人の子供を学校に出さんならんし
洗濯掃除　わが身も勤めに出んならんし
朝早ようから家ん中走り回っているわの
気が急いでいるので子供への一言に棘が出る
ほいと己がどやされるより心が淋しゅうなる
嫁はんは掃除機を強く動かして己のそばへ
ちょっとそことくすくす笑う
孫も大きい声で母親の加勢をする
己は我に返ってそこを移動
嫁はんはずばり物は言うが如才なく可愛い
家のもんは流れる川の水やでのう
あんまり早よう流れすぎると
大けがしたり大ごと起こすでの
己はその流れをゆるめる杭かも知らんて
己に当たらんと人様に当たったらあかんでのう
ほぅ　ほうやってさあ

## 藁葬《こうそう》

親類縁者が集ってあら藁で縄をなう
野辺の送りのわらじを作る
爺《じい》を素っぱだかにして藁の着物を着せる
あかんあかん　そうっとしばらんとあかんげ
そんなにゆるいじゃあかんげ
爺に藁を着せてはあら縄でしばる重ね着
ごろごろとおいえでころがし藁を着せる
平野の真ん中の村　昔から藁で死者を包む
村のぐるりは田んぼだらけ　どこまでも
薪はないが稲藁なら年中いっぱいある
風呂を沸かすも飯を炊くも火葬も藁じゃ
だから囲炉裏は深く火葬場の火の壺もでかい
お寺の釣り鐘のように出来上がった棺藁
長老の編んだ化粧藁で包んで納棺は終わる

四季折り折りに田んぼ道を葬送は行く
家の跡取りが焚口から火打石で火を付ける
棺藁は濡れ筵五枚でおさえトタンをのせる
そして一日一昼夜絶対いじったらあかん
火葬の明けの日の夕方家族皆で出かけて
爺の生まれ変わった美しい骨を拾う

## 慶事

臥した枕もとから足の先まで
曼珠沙華は次々と咲いてきた
ほんのりと万燈の灯明をかざし
茜の色の真綿雲とともに燃えて
今　己《うら》の生まれた村を包んでいる
茜の陽光の温かい手は
握っていた己の手を放し

瞳孔をじっと診てから
ゆけてよかったね　と
幽《かす》かなことのは靄と流れる

## 生死

あの頃は一日のなかに
時間はいっぱいつまっていた
いまは閑散としている
やがてそのわずかの時間も
春のたんぽぽの絮《わた》が風に吹かれて離れ
秋の尾花が山間の茅場から旅立ち
羽毛のように軽く軽く
にぎにぎと消えて逝く
白い雪が村を覆うころ
お前はもういない

ただそれだけのことである

## あっちのくに

いま　目をおとしたという
己《うら》の事かと思ったら田隣のおじじだった
何時死んでもいい歳《よわい》である己
今はメニエール病と同棲しているが
この病では死がんというから困る
この頃は激しい苦しいめまいは出ない
でも好きな読み書きは一時間はもたん
頭が重苦しくなってめまいの警戒警報
この病と同棲するようになってから
弱いふらつきで昼でも臥している
夢も多く見る火事や風水害というやつだ
もっとも会いたいひとの夢は見れない
薬は一日三回二種類ずつ飲む
時には今飲んだのも忘れて二度飲み
二度飲みの時は夢におかされず安眠
そこには地獄も極楽も己もいない
ただ静謐のくにで眠っているのみ
何時間眠っていたのか目覚めは軽快である
あっちのくにへ逝く事を永眠というが
本当に熟睡してさめない国に逝くらしい
今のところはこの病と付き合わねばならんが
それからの事が楽しみでもある

## 湯灌

酒の燗は熱燗がいい
湯灌の湯はぬるま湯がいい
囲炉裏に八升鍋をかけて

縁者も集まりお湯を沸かす
あっ　蓋をしたらあかんげのぅ
湯灌の湯は蓋をせんと沸かす
湯気が高くこっちからあっちの国への
道を作って呉れるんじゃからのぅ
大たらいにお湯を満たす
死んだ己《うら》を皆んなでお湯に入れる
湯上がりに白装束を着せる
おしゃれになって恥ずかしいが
一世一代の晴れ姿じゃ
葬式には赤ろうそくを炷《た》け
七十五年も生きてころりと逝った
法名はいらんぞ

## 友

まだ朝のあけやらぬとき
彼からの知らせ
今　死んだと
病院にかつぎこまれて百日
百個の朝をつまらせ
今朝　便秘のような
大きい硬い重い朝を降ろした
よかったのぅほんとに
うん　よかったです
シベリヤの鉄条網も
三方の結核療養所の壁も
ぬけ出て来たんだよ
片肺のデスマスクは笑っていた

# 足踏み脱穀機

踏み板に片足を乗せて踏んだ
大きい胴体はゆっくり廻り出す
調子良好　速度は上がる
踏み板に両足を乗せ　体ごとで踏む
もっと早く　もっと早く
走るＤ51の機関車のデッキに乗って
はさ場も田んぼも村もうしろへ
千切って飛ばして遠くに飛んだ
そして落ちた
歯車と歯車の間に右手を落として
脱穀機は止まったらしい
子供の時の一人旅の挫折である
右手の親指と人差指の先は割れたまま
どうやらこの爺《じじい》そわそわと
この割れた切符で旅立つ気らしい

# ねーぃちゃん

神経痛で足は腫れ痛くて歩けんねーぃちゃん
母の肩につかまり足を引きずり
顔をしかめて荷車に乗る
己《うら》は朝早くその荷車を引いた
峠を越えて町の鍼灸《はりやいと》の医者まで
医者に着くとお医者はんとおばはん
ねーぃちゃんをかかえて中に入れる
約一時間　己は荷車に腰かけて待つ
ねーぃちゃんは十九歳己は十三歳
神経痛で時々苦しむねーぃちゃん
小麦粉を酢で練って足に張っている
ねーぃちゃんが動くと酢の臭いが散る

荷車に乗って行くのを人に見られる
ねーぃちゃんはそれが嫌そうじゃった
こうして一日おきに一ヶ月も通うと
ねーぃちゃんの足も楽になってくる
医者から帰ると母は田んぼへ行っていて
家《うち》には猫め一匹えん
ねーぃちゃんは這って荷車を降り家に入る
己は荷車をおさえてじっと見ている
痛いだろうがどうにもしてやれん
急いで学校へ走る一時限遅刻で
教室では二時限目が始まっている
姉を医者に連れて行って遅くなりました
教壇に立っている先生に報告
白墨を手にしたままの先生
うんともすんとも言わん

## 永眠という安堵

ここ二、三日頭が痛とうて
めまいが続いてどうにもならん
鈍痛のてきねいのが少し楽になったら
下痢である　日に七、八回は厠へ走る
ほとんど食べていないのに
三日過《た》っても小便みていな下痢が走る
いつの間にか鈍痛も下痢もおさまり
体も心も快適　とっても楽ちんである
そして何んも食べたいと思わんようになった
餓鬼みていに飯はまだかと騒いでいたのが
うそみたいにピタッと止まった
体は日に日に軽くなって空を飛ぶ
若いもんは病院へ行けという
でもお医者はんには行かんほうがいい

点滴でもされたひには元の木阿弥
やっとあっちの国が見えてきた今
このまんまがいい
今が楽しゅうてたまらん
生涯最良の日である
ひょっとしてあっちの国に来たのかも

# 五分の魂

火《こ》燵縁《たつぶち》のように小さくなった己《うら》の心
もっとも大きいほうじゃないが
臭いきたない
庭の掃除もせん
畑仕事も手伝わん
田んぼの水回りもせん
かかあに虚仮にされて
嫁になまけ者と言われ
孫に最低とからかわれ
むしょうにはらが立つ
一寸の虫にも五分の魂
その五分の魂がさわぐ
己ってなんじゃったの
息子にサイフは渡した
余生を自由に生きたい
でもそれは通じはせん
昨日の己が今日の己だけのこと
あれ等の言うことはまっとうである
それだけにどうしょうもない
どうしょうもないのである

## 己《うら》の極楽

それぞれお出でになったね
眩暈《メニエール》の奴さん突然に現れて
静かな栖《すみか》はひっくり返る
前後左右上下滝壺に落ちた木の木っ端に
吐気嘔吐目は閉じていても廻りどおし
便をもよおす便所へ便所は何処じゃ
突き当たり行き当たり出口を摑めんが
ゴキブリの様に壁の角を這いずり
失禁嘔吐　嘔吐の呻き天竺に通じないか
万年床は汚物と悪臭の沼
便所まで藁縄を引こう発作の時の蜘蛛の糸
四ひろもあればいいがこの今をどうする
目を一寸と開けて出口を探すとたちまち
通過する汽車の下敷きに巻き込まれた
又失禁下痢ぎみのパンツの糞袋引きずり
手で這って便器にたどり着いた
便器の形をさぐり方向をたしかめ
ひんやり便器に頬ずりして極楽の嘔吐
深沢さん荷風さんを想い楽しみに至る

## 落ちた青い空

薄黒い雲の中で舞っている影
右にまい左にまいまい
雲の切れ目から天女の姿ちらり
お爺《じ》ちゃん又洗濯機の水出しっぱなしですよ
若い者に怒られて気付いた
新聞ほうり出してすっとんでゆく
よく忘れる　すとんと忘れてたなァ
水がもったいない罰が当たるもんなァ

井戸水も洗濯板も枯れて何十年
百姓家でも水道下水料二万はくだらん
若い者も大変なこっちゃ
月に二度ぐらいは下着も洗濯するが
買いたての頃の白い天女も
黄いばんでごわごわの紙布みたい
それでも青い空に翩翻とよみがえる
お爺ちゃんあそこに干さんといてね
もう恥ずかしいたら
黄いろい天女　舞いを止めてぶらさがる

## ぐうだら

子供に示しがつきませんと
息子の嫁はんに怒られ
夜中にふいと家を出た
竹で作った釣り竿を持って
田んぼ道の水たまりまでくると
釣り竿を下ろし糸をたらした
水たまりには半月が泳いでいる
こんな夜中に一人が通りかかった
釣れますかとからかう
馬鹿たれこんな所で何が釣れる
見れば解るじゃろうげ
我が身の大きい罵声に我が驚き
あたりを見廻したが誰もおらん
月さえ消えてしまっていた

## ひとり

この娑婆にひとり
ひとりが生まれて己《うら》の始まり

眠るも覚めるもひとり
飲むも食べるもひとり
出すも触るもひとり
泣くも笑うもひとり

汗も骨おりもひとり
田んぼと畑とひとり
植えるも刈るもひとり
村人足の中にいてもひとり
かかァを娶ってもひとり
二人一緒に仕事をしてもひとり
息子が生まれても喜んでも
凪とひとり
嵐とひとり
豪雪とひとり
海や山へ家族で行っても
観るも聴くも大勢いてもひとり

旅とひとり
車とひとり
何処へ行っても
怪我や病気とひとり
寝ても起きても己から離れん己
生まれてこの方　一時も離れん
己という己ひとり
ひとりの始まり
いつ終わる　何時かは終わるが
見れるかどうか
己にも解らん

# 百姓の手

## 男の手

短くて太いこの指
手の甲は厚くて丸くでっけいこと
この手で段々田んぼの石垣を積み
川の護岸のしがらみも組む
山で大きい木を切る樵の手伝い
何日も山からお寺の普請の木出しもする
壁をこねて二年寝かせて壁付けもした
茅葺き屋根の葺き替えの地走り
焼き畑だって作ってかぶらを蒔いた
田んぼを起こして種を蒔き
草を取って稲を作るだけが百姓ではない
山に入り木を切り炭焼きをして山に住む
道普請もすれば用水路の普請もする
鶏をしめ殺し蝮も裂いて食べた
かかァをどづきたたいた手
死んだ知人の湯灌もしておんぼもした
親の親の代から見よう見真似で身に付け
百の仕事をこなす百姓の手
この手の深い皺の中には
その黒いべとが詰まっている
重くてごつごつした石の様な百姓の手

## 女の手

寒い秋はあかぎれで石榴のように割れた手
その手で夫と一緒に田畑で働く
三人の子供が生まれ一人を死なせた手
夜なべ仕事に家族の着物をつくろい

疲れた体で姑の肩もたたかされた
麻をおんで　ぶんぶんを廻す
織《はた》をへり　サックリを織った手
石臼で物をひき　おっけ団子を造る
朝暗いうちに起きて二升の飯を炊き
仏壇の御膳様を三ぷく盛る
冬は藁縄をない米俵を編む
赤紙で引っぱられた夫に手は振れなかった
涙も出ない切ない悲しみ
フイリッピンの島で死んだ夫
白木の箱に石ころ一つ
百姓の女のこの深い皺の中は泣くに泣けん
死ぐにも死げない悲憤が
百の仕事と百の苦しみがつまった手
下ろし金のようにがさがさしている

## 子供の手

半日も小川につかり小魚やチャランコ《メダカ》と遊んだ手
山に登り剣《かたな》を作ってチャンバラをした手
寺の鐘の音を聴き山鎌も忘れて駆け降りた
はさ場の稲の下掛け三段は子供の仕事
ポンプでバケツに水を汲み桶風呂に入れる
十回入れて風呂を沸かす　藁すべを丸めては
小学一年生の時かその前の年か忘れたが
隣の畑のキンカン瓜に魅せられ盗んだ
親爺に見つかり引きずられて謝りに行った
家に帰ると親爺の顔は怒りに燃えている
嚙み締める口調が己《うら》の身を引き裂く
お前は悪くないその盗んだ手が悪いんじゃ
さあその手を切り落とさねばと恐ろしい剣幕
押し切りの上にこの手を引きずり乗せる
己はもう生きた心地がしない　もうせん

もうせん　もうせん百回の哀願
やっとの事で押し切りから手は放された
もうせんか　盗人にならんか恐ろしい声
わかったら盗んだ右手を左手でしっかりと
握って胸の所で合わせてそこに座っとれ
己の合わせた手の中から百の良心が芽生えた

# だんだんたんぼ

①

こんな小さな谷の村にも田んぼは有ります
村の家は谷にへばり付き重なっているが
谷を登ると斜面が開けて一面田んぼ
いつ頃からあるのか誰も知らない
昔の昔から先祖達がこつこつ創った田んぼ
山の上には溜池もあります
その池や向こうの谷川から水を引きます
上の田んぼから下の田んぼへと水を入れる
三株田といって小さい田んぼも重要
大きい田んぼと大きい田んぼの楔田《くさびた》です
十株田もあれば横長のくねった千株田
一枚一枚をべとでかため積み上げた田んぼ
春には土手に山吹が秋には曼珠沙華
稲の黄金色と赤い曼珠沙華の饗宴の夕映え
あれが十日月田　あれが日光菩薩田
あの長い大きい田は寝釈迦さんです
その下の田にも菩薩様の名前を付けてある
昔は千枚余りもあって村人の飯米は穫れた
今は杉を付けて半分もないし仏田の名前も忘れた
でも残った田んぼ　だんだん田んぼは
己等《うらら》の生きがいと笑う爺の声は木霊《こだま》する

# だんだんたんぼ　②

あれは親達が創った己等《うらら》の曼荼羅じゃがいの
運慶やロダンの彫像にも優る百姓の彫刻
昔お城の石垣を築上した黒鉄さんが創った
野積みの石垣で積み上げた田んぼ
こんな小さい谷の襞にも昔から
こつこつ創っただんだん田んぼがある
能登の千枚田や熊野の丸山の千枚田程ではないが
谷水を引き湧井戸の水は家から流して
田んぼから田んぼへ流して稲を育てる
冷たい山水じゃから里の田んぼの半作じゃが
里の者に言わせるとうまい米だと言う
毎年毎年春には石垣や土手の修理
小さい田んぼを積み上げた曼荼羅
田んぼのへりは練りに練ったべとで腹付け
一滴の水ももらさんと下の田んぼへ流す
田植えの頃下の村の祝儀によばれて坂道を登る
狐が一匹ついてくる　筒藁《つとわら》の油揚《あぶらげ》がほしくて
己《うら》が少し食べて狐に千切っては食わせる
満月である　己が坂道を上ると月も田んぼを歩く
己が止まって休むと月も止まって田んぼで休む
狐も油揚をもっと呉れとそばに座る
向こうの斜面の茅原の下にも百姓の創った
横たわる裸婦が何百も眠っていなはる

詩集『土偶《でこんぼ》』（二〇一三年）抄

I

## 坪庭

小さい庭である
春は桜
夏は茱萸
冬は裸木

生まれは百姓じゃが
会社の社長に祭り上げられ
その会社が倒産
田畑家屋敷を売り払って
見知らぬ町に隠遁《かく》れた

庭は苔も生えて
ユキワリ草が咲き
カタクリの花が咲き
イワカガミがひかって
サルトリイバラの実が赫く
四季それぞれに名もしらぬ鳥がきて
遠い古里の四季を知らせてくれる
今さら藪入りでもあるまい
静かに耳をかたむけて
死期の旋律を聴く

## へたくそ

へたくそである
みるからにへたくそである
みてくださいこのへたくその文字
このへたくそとひょろひょろ八十年
生まれおちるからのおつきあい
へたくそな百姓仕事をして
へたくそに田んぼを守り
へたくそな言葉を詠んで
へたくそな木彫を創り
へたくそに恋もした
いまはその恋の働きあるやいなや

ある季　ある日
風止んで夕空いっぱいに薄絹展げて
みるみる百色百光に染め　茜の色の天竺に
そしていまのいまその茜に手をひかれ
へたくそは小躍りしながら舟に乗る

ひとひとり
ここにいて
ひとひとり
もうここにはいない
ただそれだけのこと

## 己《うら》

一九二九年一〇・二〇
この日どれだけのひとが生まれ
どれだけのひとが死んだか
ひとは生まれては死んで逝く

生まれた肉体
死んだ肉体
己のものではない
一時の借りもの
その借りものに住んでいる己
小さい誰にも見えない心という奴
己自身もその心の正体を知らない
心は誰にでもある心
この心がくせもので
気まま気放題
人を殺しても平気
肉親を殺しても平気
罪の意識は爪の垢ほどもない
厄介千万な奴
己の心の正体に怖気立つ
この心のことが不憫でならん
死んでも死にきれん

しかしこの心己のものか
己のものでない
心は常に宙をさまよい
鳥のように空を飛び
魚のように四海を往き来
自由そのもの
一切の束縛から解放されて明るい
明るい心は悪さをしない
これも己の心の正体
この心も己のものではない
借りもの借りもの……
汚したらあかん
汚すも洗うも
己なんだから
じゃ己というのは何処にいる
ただ己というのは
この今の一瞬これがすべてだ

常に生まれては消える
うたかたうたかたである
己は何処にもいない
己のことは己にも解らん

## べと（土）

べとから生まれた
生んでくれたべとは死んだ
べとの足乳根を吸って育った
べとと遊んだ
べととべとなぶり
べとを起こして裏がえし千切った
べとを踏みつけたたいた
学校の行き帰り帰ってからも
べとと遊んだ寝た

べとと格闘大汗を流した
すべてはべとが教えてくれた
一年にひとつずつ大きくなった
ちんちんに毛がはえかかった頃か
べとに送られて満州へ渡った
満州のべとになるつもりで
満蒙開拓青少年義勇軍
男どさまと女どさまのべとを雑嚢に入れて
満州のべとはきびしかった
先生がいわれたように暖かくなかった
冷たい豊かでなかった
突然ソ連兵がやってきた
心友が殺された
逃げた
べとにつまずき
べとの穴に落ちた
そこのべとは暖かかった

涙とまぜてべとを食べた
満州のべとも親切だった
心友を満州のべとに埋めて
引き揚げ者にまじって帰った
今もあすこで眠っている友
今年も冬の季節がきた
寒いよ
友の声がする
暖かいべとをうんと盛ってやらねば
あの年老いた満州のべとはもういない

# 昭和六年生まれの女

日に三度の飯を戴き
一人息子
三人の孫にめぐまれ
猛暑の夏は扇風機
厳寒の冬は炬燵でテレビ
朝は早起き大根引き
夜は夜なべに柿の皮むき
八十歳の現役
病気知らず
もったいないこった
すまんことです
村の若いもんが死んで
まだ死がん年寄り
百姓で鍛えた体
いまものをいう
でもこれじゃったら
いつお迎えがくるやら
今日思うことはそれだけ
時たま昔のことも思う
生まれた実家の村祭り

戦争がひどくなり町は空襲
修学旅行の中止
ここに嫁いでからの
荒田起こし
雨の中での稲運び
己等《うらら》百姓というもんは
目を落とすまで仕事道楽
業なこっちゃ
罪なこっちゃ
すまんことです

## 仏壇の抽出し

小生今般名誉アル国家軍人トシテ愈々本日入営スルコトニナリマシタ
此ノ上ハ粉骨砕身君国ノ為御奉公致シ皆様ノ御期待ニ添フ覚悟デアリマス
考フレバ三年前父ガ此ノ世ヲ去リ親戚一同ハモトヨリ皆々様ノ御指導御助力ニ依リ本日昭和十八年三月廿日ヲ得ル事ガ出来マシタ
不肖入営シタアトハ老母始メ幼ナキ弟妹ヲ残シテマイリマスガ何分トモ御厄介相成リマスノデ何分共宜敷御依頼致シマス
又只今ハ区長様ノ有難キ御言葉ヲ受ケ留守中ノ事一切心配ナク安心シテ入営致シマス
此ノ上ハ一身ヲ御国ニササゲ遺骨トナッテ皆様ニ御礼申上ル事ヲ御誓致シ置ク次第デス
皆々様モ御体ヲ大切ニ留守中ノ事等重ネテ宜敷御願申上ゲマス
　村民一同ニ対スル直雄氏ノ挨拶
この挨拶文は和紙に筆で書かれてある筆跡は姫路の叔父による兄直雄は徴兵検査で甲種合格鯖江の

歩兵第三六連隊に入営した時の記録
兄は入営期日が決まると毎日この挨拶文を練修
して　遺骨トナッテ皆様ニうんぬん
高等科一年生の己《うら》の耳にたこが出来る程聞いた
でも兄が死んだらこの家はどうなる　死ぐな
己が兄に代わって遺骨となると氏神に誓った
一年に一度小学校の講堂で戦死者の合同村葬があ
り児童も参列した　祭壇には小さい白い箱が四、
五柱置かれた国の為に軍神と祀られて
大東亜戦争の最中少年の己等《うらら》も敵愾心に燃え神国
必勝を信じていた　そして国の瓦解から六十余年
過ぎた今仏壇の抽出しの奥の叔父の好意を知った

## II

## 土偶《でこんぼ》*（一）

田んぼのべとと
親父のしょんべんで
こねあげた生きもの
へんてこりんな生きもの
正直まっぽの糞たわけ
着た切りすずめ垢でぴっかぴか
着物の下に鎧をかくす
牛みていに田んぼを起こし
馬みていにどっしり稲を背負い
鉄骨体は風邪もひかず
朝食まえに田んぼで中打ち

山の鴉も彼に敬礼
夜は早寝《はやね》鳥目《とりめ》眇《すがめ》の笑尉《わらいじょう》
趣味ひとつひとつの趣味じゃが
一日一回便所の壺をかき廻す
かき廻す長い時をかけて
かき廻す百姓家の便壺はでっかい
あの匂いがたまらんたまらんのじゃ
あれを田んぼに撒くと
稲はようできる
稲穂は丈夫で一穂百粒以上
稔って稔って娘のおけつじゃ
正直まっぽの糞たわけ
村一番のはたらきもん
今は昔の夜伽《よとぎ》のものがたり

＊ でこんぼ＝福井の方言で土偶のこと

## 土偶（二）

畑のべとと
祖神のしょんべんで
こねあげた生きもの
馬鹿のひとつ覚えの
へんてこりんな生きもの
己《うら》の中にも百の神と
百の仏がいなはると
もったいないこった
一粒の米にも三体の仏が
いなはるというから
百姓の己の中にも
いなはるんじゃろうが
己のどこにいなはるか知らんけど
どこかにいなはる

だからじゃないが
この己の体は己のもんじゃねえんだ
借りものじゃから大切にせなあかん
いつのまにか身に付いた
馬鹿のひとつ覚え
吸う息吐く息食べもん飲みもん
知らんまに日に何千何万の生きものを
食っている己
殺生なこった
殺生なこったが
己の中の神仏に
御供え　御供えのあとで
御相伴にあずかり働く
田畑で働くんじゃがいのぅ
べとを起こして種をまく
べとを起こして穀物をもらう
みんなべとの中にあるんじゃがいのぅ
ねばっこいべとの中に
親の親の親たちがつまっているべと
己のからだもそのかけら

## 土偶（三）

山のべとと
牡牛のしょんべんで
こねあげた生きもの
なんでもかんでも
ありがたいこった
もったいないこった
おかげさまじゃがいの
朝日に合掌
夕日に合掌
月に合掌

星に合掌
雲に礼拝《らいはい》
雷に礼拝
風に礼拝
雨に礼拝

山に礼拝
川に礼拝
野に礼拝
海に礼拝

草木に礼拝
森林に礼拝
巨木に礼拝
岩石に礼拝
みんなみんなの

おかげさまじゃがいの
こんなへんてこりんなものを
創って遊んでいるが
誰も怒らん
ありがたいこった
蛍に礼拝
蛙に礼拝
みみずに礼拝
いなごに礼拝

雀に礼拝
鴉に礼拝
鳶に礼拝
梟に礼拝

サバに礼拝
アジに礼拝

イカに礼拝
タコに礼拝

糞に礼拝
尿に礼拝
唾に礼拝
痰に礼拝

暗闇に礼拝
木枯しに礼拝
吹雪に礼拝
微風に礼拝

死霊に礼拝
生霊に礼拝
妖怪に礼拝
座敷わらしに礼拝

ひとりとぼとぼと
べとになる

## 土偶（四）

森のべとと
牡馬のしょんべんで
こねあげた生きもの
縄文から弥生の
親の親の親達がこねあげたでこんぼ
いろりの炎でよみがえったか
昔々の昔を語る
この手の平に乗って語る
温かい言の葉の往き来
おう！　そうか　そうだったのか
相づちを打つと

でこんぼは手をたたいて笑う
ひとつも言葉は解らんけど
でこんぼの仕草で思いは通じる
入れかわり立ちかわり
ぞくぞく　この手の平を舞台に
昔々をものがたる
いろりに薪をどんどんくべる
火穂盛りあがり
バシッバシッ音を立てる火花
でこんぼの語る言葉は弾く

## 土偶（五）

海のべとと
海豚のしょんべんで
こねあげた生きもの
一万年も昔の地層から
甕棺の底でうごめく
己等《うらら》の親の親達の親の手の跡
指の指紋は語る
大きくもない
小さくもないでこんぼたち
縄文のことばとびかう
火焔土器をかこんだ
縄文の煮炊きの匂いはじく
食べよしっかり食べよ
明日は遠くへ狩に出かける
小さい土偶《でこんぼ》の子供たちも
ぞくぞくすまして居並び
環状列石に祈りを捧げる
親達の眠っている墓地の祭壇
旅立ちにわき立つ
出発祭祀

無事の祈願を
山を越え川を渡る
うた唱いながら
大地の移動の祭事
照葉樹林に谺する

## 土偶（六）

男土様*のべとと
女土様のべとで
こねあげた生きもの
神々はこねあげた
数かぎりないでこんぼ
己等《うらら》もそのひとつ
神様のくれたはしくれ
ひたすらにべとを耕し
ひたすらにべとに種を降し
ひたすらにいまにつなぐ
生きもののはしくれ
この村にころがる
生きもの
おとといは縄文
きのうは弥生
畏れ敬うでこんぼ
今を生きる
手が動く
足が動く
目耳が動く
もっくり立ち上がり
働くでこんぼ
体おしまず
喜び働く
水を草木を

敬い
ただ黙々と
働くでこんぼ
ただ黙々と
働くでこんぼ
べとのなか
深いべとの奥

＊　土様《どさま》＝氏神様

III

## チャンタン高原＊

世界の屋根　神の在す磐座《いわくら》をゆく

なにもない
道もない
樹木もない
　空気もない
三日もジープで走っても一台の車と会わない
時たまヤクや山羊の群と遊牧の神々に謁見
乾いた高原のかすかなわだちをたどってゆく車
西へ西へゆける所まで行っては野宿である
水場のある所で二人用のテントを張っていると
起伏に富んだ大地の谷間から突然神様が出現
親子の神様はバター茶を持って近づいてくる
そして　黙って笑いながらテント張りを手伝う
空気の薄い聖地ではごく単純な仕事も苦しい
神様は己達《うら》と姿形はそっくりであるが手際だ
そしてどことなく威厳がありおだやかである
頭髪を何十本も細長く三ツ編みした神様も示現
厳しい大自然の中で息づいていて美しい神様

晴れわたった高原の夜空はとても小さい
大きい星々は押し合い圧し合い輝いている
祭縄を飛ばせばとどくぐらいに降っている星
北斗七星の一つは地平と夜空の境で半切り
空いっぱい隅の隅まで星は覆い星座は読めない
今日も緑の高原を旅するひとりの人間は
行き先さえ知らない幸せな旅の真ん中にいた

＊　チャンタン高原＝チベットの北西にある四千メートル前後の大高原

## ひとの形

拝む　拝む
ただ　ひたすらに拝む
五体を投げ出して地に伏せて拝む
合掌の両手は頭上に揚がり天にとどき
胸板の心に宿った輪廻を超えてはすすむ
体を額を大地に投げた小さく響く谺
　起きて拝む
　立って拝む
　臥して拝む
身の丈だけすすんで伏せては拝むひと
嬉しく歓び拝まずにおれないひとひとひと
何年も何十年も一生の時を費やして
漸く聖なるカイラス山にまみえたひとびと
シバ神の崇高なリンガの美しい形に拝謁
雪を戴いた釈迦牟尼の美しい姿を拝む
聖山は大自然のチベット高原におわす
嶮しい山々の輿に乗ったおだやかなお山
お山は紺碧の空にくっきり示現雪の尊者《カンリンポチェ》
拝まずにはおれない歓喜　涙あふれて
百千の糸瀧となって流れ落ちている

天竺を流れる四大河川の源流の泉湧きでて
巡礼の基地タルチェンで涙流れて拝む
ひとの形が生まれるひとの源流
ただただ拝む自然の形ひとの形
いまひとの形は生まれる

## 南面託宣

高原の泉
湧き出る水
真青《まっさお》の水晶あふれて
玉石の細石を洗う
不可思議
不可思議なり
眼前に
カイラス山
雪の尊者《カンリンポチェ》を拝む
八月十五日の今日
数十年もの
狂気の病
癒えたあの日の
合掌
眼前におわす
歓喜の合掌
いくつもの峠《ラ》を越えた
合掌
諸々の驕り
消滅した今日
八月十五日

# 北壁晨岳

祈りの基地
タルチェンを出て
二泊三日の巡礼の旅に立つ
晴天体調良好
五体投地で
巡礼しているひと
両手に厚い大きい手袋
ヤクの皮の前掛けを付け
全身を地に伏せて拝む
立って拝む
身の丈だけ進んで拝む
西面のカイラスさんを拝して
ただ歓びは体軀にあふれ
オン＝マニ＝ペメ＝フン
（白蓮の宝珠に幸あれ）
賽の河原の石石の中を
流れ出る源泉の中を
祈りの舟は進む天の河
おおうカイラスさん
眼の前に切り立つ北壁の白蓮華
石積みの畔《くろ》にたなびく祈禱旗《タルチョ》
聳え立つカイラス山六六五六メートル
両手の指を組んだ合掌の姿
拝むディラ・ブク五二一〇メートルの天地
あらゆる宗教を
すべての種族の人々を
魅了して放さん姿形
カイラスさん
世界の人々の祈りの聖地
いまのいま朝日は照らす

# 東面涅槃

天竺から流れ落ち
天竺を潤す源泉を渡り
急斜面を
一歩登り小休止
一歩登っては小休止
早鐘を打ち鳴らす
心の臓をなだめ
又一歩登る
その脇をヤクは立って登る
人々も軽々と笑って登る
初めてのチベット聖山詣で
難行苦行息絶えて含味
たどり着いた
ドルマ峠《ラ》五六六八メートル
小さい広場は石積みの聖地いくつも
祈禱旗《タルチョ》が万国旗のように
無数に
バタバタ呪文を唱える
その周囲をマニ車を廻してめぐる人々
五体投地でめぐる人
蟻の聖地巡礼
雪渓を踏み踏み踊り祈る人々
カイラスさんは見えない
須弥山を囲む
鉄囲《てっち》山《せん》で見えない
鉄囲山八部衆十二神将とも
大きな鉞をふり上げ
いまにもこの頭上に落とさんとする
凄まじい形相の神々は居並ぶ
地獄か
極楽か

息たえて
唯茫然
突然眼の前に手のとどく所に
カイラスさん示現
ほんの一瞬
地獄即涅槃に酔う

## 天柱の湖

大きな湖は
波一つたてない
鏡のような湖
この世の雑音を消す
紺碧の空は
紺碧の湖面に映え
紺碧の湖面は
紺碧の空から降りた
カイラス山を抱く
天竺の源泉
ガンジス川
インダス川
サトレジ川
ヤルッアンポ川
母なる河川の源泉
風は止まって
鳥も飛ばない
マナサロワール湖に
静かに眠るカイラスさん
静かで黙した湖
絵にも言葉でも
表現不可能
この世の形の源泉
マナサロワール湖

海抜四五八八メートルの
位置に浮かぶ
天柱の湖畔
石積みゴンパの上には
ヤクの頭蓋骨がかさなる
眉間に刻んで居並ぶ
オン＝マニ＝ペメ＝フン
流れるせせらぎの底に
石に黄色ペンキでか
オン＝マニ＝ペメ＝フン
しっかり書かれたマニ石
祈りの外に人はなし
人の外に祈りなし

## 沼

小さい村の
小さい沼に
降る雨
雨粒雨粒雨粒の音
雨粒雨粒雨粒の波紋
あの時落ちた一粒の雨粒
かすかな音立てた
ひょろひょろの波紋
少しずつ広がり消えなかった
沼に広がり
川へ流れて
海へそそぎインドへチベットへ
インドの大地は小さい沼に
青い波紋をゆすり

水牛一匹ねそべっている
チベットはマナサロワール湖
カイラス山は膝枕に
睦ぶの波紋をとわに
そして今この小さい村の
小さい沼に
八十余年の波紋は消える

## ニルヴァーナ

小春日和に　こわれた体包まれて
かじかんだ心も暖かくなりふくらむ
ひょろつきながら小高い高嶺に登ると
嶺には木の葉敷きつめ迎えてくれた
大空の茜の色をいっぱいつめたはっぱ
足を入れるとかさっと奏でてさよと舞い
温かい絹肌の手をさしのべてくれた
ああ　ひさしぶりねありがとう
もう会えないかと思っていたのに
こうしてあなたと一緒に居る幸せ
あなたをじっと眺めていられるいまが
こんなに幸せもらっていいのですか
野に山にこの体から幸せこぼれて
尾花になってゆれて光った
茜の色の空に陽柱立って消えたとき
私はもうここにはいない
あなたにだかれて
旅の空です

## 日干し曼陀羅

ガンガーはワーラーナシ《ベナレス》

沐浴に浴した
日はのぼり
サルナートへの道すがら
家々の壁に塀に
輝く日干し曼陀羅
道行く人々に
老母のふるまう笑顔
曼陀羅を創る手休まず
娘は少し顔をそむけて
こねる曼陀羅
聖なる牛の授かり物
たたきボールに平らに丸く
壁に塀に張り付けた
井然と居並ぶ
何百何千何万の黄金燃えて
どこまでも続く曼陀羅
すべすべに輝く手と手
すべすべは娘の化粧液
鹿野《ろくや》苑《おん》へと結ぶ
自然の営み
今を拝む
そして燃やす

Ⅳ

## メルトダウン

いつの頃からか知らない
得体のしれない生首が
ぞくぞく海辺に出現
百姓の己等《うらら》にはさっぱり解らん
その生首が安い電気を生むという

御食《みけ》つ国の半島に並ぶ
並んだり　並んだり十二、十三、十四
死なない生首腐っても活動する生首
悪臭にむらがる腹黒黒蠅国策安全
カクカクカクと日に日に増殖
海水をやたらと喰らって
何兆円貢いでも
指一本触れられない生首に
人間の愚かを嘲笑いくさしてか
3・12午後3時36分いきなり爆発炉心溶解*1
3・14午前11時1分大爆発きのこ雲もくもく*2
辺州の昼間　暗闇の闇の闇
二千頭の牛は死に
二万頭の豚
数十万羽の鶏の死骸
酪農家は首を吊り自殺
乳牛はつながれたまま餓死

生首四六時中眼に見えん猛毒を放出
この小さい粟散辺州《ぞくさんへんしゅう》は地獄のどん底に
あれから六十五年目の惨事
二度あることは三度
百姓は田んぼにはいれん
耕せない植えられない住めない
鎮守の社の薪能の篝火かき消され
狂い笹持つシテ　闇に呑まれて失せる

*1　福島第一原発一号機、二〇一一年三月十二日午後三時三十六分、原子炉建屋水素爆発、炉心溶融
*2　福島第一原発三号機、二〇一一年三月十四日午前十一時一分、原子炉建屋大爆発、大量の瓦礫、落下、社員、自衛隊員十一人負傷

## 海　3・11

どうすればいいんじゃ

どうすればいいんじゃ
手足まといになるからくるな
友は口をあけたまま砂を
目はひらいたまま涙を
ガレキの隙間から
うかがい待っているというのに
どうすればいいんじゃ
深い巨大な海底をあらわにした大津波
岸辺のすべてを道づれに
どどどっどどどっどどどっ
あの日の前の日も
あの日の後の日も
どどどっどどどっどどどっ
すこしも変わっていない波響
でも岸辺はすっかり変わり果てて
なにひとつ見当たらないずんべらぼん
あのにぎわいは消え失せずんべらぼん

かの岸辺をなかば狂い
なかば正気が
いったりきたり
どうすればいいんじゃ
うつろにさまよう足音
つかの間の足跡を洗う波響

## 座敷わらし

己《うら》は果てしなく己ではない
己でない要素
己がここにあるのは
宇宙のすべてのものが集って
この己の顕現を助けてくれているから
しかし己は己ではないが
己は己でしかない

その己のなかに一匹のムシが蠢く
己を己として他のものから独立させるムシ
このムシどこからきたのか
何時から住み着いたのか己にも解らん
だけどもう己のいちぶぶんいやすべてかも
きまままきほうだい己をこき使う
とてつもなく大きい入道雲みたいなムシ
時にはどろ虫みたいに小さくなり刺してくる
這っているかと思えばもう飛んでいる
蓮華草の波打つ田んぼで寝ころんでいたり
早池峰山の岩に腰をおろしていたり
一瞬たりとじっとしていないせわしいやつ
己が寝ている間も飛びまわって悪夢を落とす
このムシいったい己のどこにいる
頭の中か胸の中か腹の中か尻っぺたか
まだ姿形を見たことがないがとにかく
己にくっついて片時も離れんやつ
今どこにいる　これを書いている

## 海底

あの太陽を毎晩ふところに入れて
あの太陽を毎朝ふところから出す
でっけい生きものの太陽を
深い海の底に寝かす
波　波　波の鼓動で
小さい時もあれば
大きい時もある鼓動
時にはあくびもすれば
くしゃみもする
屁もこけば
寝ぼけまなこで
手足の体操一二三四

退屈　退屈なこった
何万億年も同じことのくり返し
死んだように動かん海底
重圧の海底
時には死にたくなることもあるさ
でも森羅万象がそれを許さん
あの鯨座みたいに大空で
手足を伸ばして寝てみたい
夢でもいい

V

## 歓喜

鎌がすべって足首にささった
年寄りの冷水というもの
せんでもええのに
のこのこと出てきて
田んぼのへりの草刈りに
草を刈らんと足を刈ってしもうた
たいしたことはねえちょっとかすっただけ
傷口になんべんも唾をつけては
口のぐるり足首を赤く染めて
無常　無常とひとりごと
出てくるこの血は死んだ血か
生まれたての血か解らんけれど
この五尺の体は五十兆もの細胞でできている
ほいてさ　毎日十兆もの細胞が死んで
又十兆もの細胞が生まれてくるんじゃと
もったいないこっちゃ　こんな老いぼれに
誰がじゃ　誰かは知らんが

うららの見えんところでしてくれている
新陳代謝《しんちんたいしゃ》　すこしもとどまっていない
　ユク河ノナガレハ、絶エズシテ、
　シカモモトノ水ニアラズ。
方丈記の無常　すとんと胸に落ちて
身も想も軽うなった

## 朝の微風

朝は嫁はんが味噌汁を作ってくれる

三百六十五日一日も欠かさんと作ってくれる
朝は味噌汁をすするんだぞ
具のどっさりとはいった朝もあれば
御坊のおしたし汁みたいな朝もある
長の月日には嫁はんが作れない朝もある
ほんな日には熱いお茶に味噌をとかして
とろろ昆布と葱を千切ってかきまぜた即席
これがまためっぽううまいのである
朝は一汁一菜　生臭い物はこのまん
嫁はんの作った味噌汁をすくう
爺ちゃんぼけてるぅ
なんでや
それ御飯の茶碗ですよ
あァ　ほうやな　ぼけてきたな
味噌汁は茶碗からお椀に移す　すこしこぼして
もう何十年も使っているお椀を
いつやったか　嫁はんが汁椀を捨てたという
己《うら》は燃えるごみ袋を漁ってお椀を見っけた
このお椀は欅の目のこんだ丈夫なもんじゃ
黒うなって汚ならしいが捨てんでくれ
いくら手荒くあつかっても欠けもせん
ご飯が済むとうんと手間をかけて洗う

こうして己にも新しい朝がきて今日は始まる

## 聞こえない耳に聴こえた音声《おんじょう》

親鸞の弟子の唯円《ゆいえん》「歎異抄」を著し親鸞の教えを広めた「善人なおもて往生をとぐいわんや悪人をや」なんでや悪人でもそのままでたすかるのか？あの麻原彰晃までも親鸞の著書「教行信証」をくわしく読んでも条件付きの救済悪人が無条件でたすかるとは教えていないそうですそうでしょう己《うら》等《ら》も人殺しや悪人がたすかるわけがないと親から教えられていた己は頭が悪いからよくわからん親たちは忙しい百姓仕事のなかでも子供をきびしく育て嘘をついたり人の物を盗ったりしたら般若鬼面で切諌を親たち自身は自称能無しで善悪のけじめを教えてくれたこないだ夜中に突然お坊さんみたいなお人が顕れて言う七百五十回忌とかでなにかと物入り業もわくじゃろうが無理はせんでもいいただ悪人のことじゃが悪人は悪人のままではたすからん悪人が悪人であると気付いたことでたすかるたすかるとはその生身の体から欲も得も消えて自然と歓喜に満ちあふれ極楽浄土に生まれることであるその時除夜の鐘がゴーンと聴こえてきてわれにかえった

## 解らん事

己《うら》は百姓じゃった
あの頃は朝から晩まで
それこそ雨の日も風の日も
田んぼ　田んぼ仕事で仕事に追いかけられ
腰をのばすまもなかった

百の苦労をかさねて
百の仕事をこなして
百俵の米俵を納めた
親爺は五十代
おっ母ァは六十代で
鎌を握ったまま鍬を握ったまま逝ったが
己もいつのまにか八十代そして鎌鍬は赤錆
この村から村も消え百姓も消え
田んぼはほんの少しあることはあるが
その少しの田んぼも減反　草ぼうぼう
右も左も住宅　住宅　住宅誰が住むやら
なんで米がいらんのかのう
己等には解らん　解らん事だらけ
昨日の新聞の一面に大きな文字と写真
二十五歳の男がトラックとダガーナイフで
歩行者天国を血の地獄の海に
七人を殺害十人に重軽傷を負わす惨事
言いぐさは世の中が嫌になった
誰でもよい殺したかったと垣垣垣然
彼の良心　どこで壊した　かけらもないのか
ただ頭でっかちのもやしっこ
己等には解らん　解らん事だらけ
すまんことですけどのう
でもそうはすまされん
七人と十人と万人

## 面打ち

能楽の祖といわれる秦河勝《はたのかわかつ》
聖徳太子の重臣　新羅のひとりなり
越前出目家　大野出目家　能面打ちの祖かも
むかしむかし　面打ちが打った能面を今に伝える
いま池田の山中緑陰洞窟に籠り面を打つひとあり

古面を拝し　一刀礼拝　能面を打ち継ぐ
自然の聖域　緑陰洞窟の中におわし俗にあらず
聖にあらずして能の心をひたすら面に打ち込む
打ち込むリズム谷をおりて村にひびく
今を生きる能面の魅力に村人は憑かれあそぶ
越前池田の水は能面を打つ
鑿では打てない　技術では打てないいのちを
緑陰洞窟にしたたり落ちる白山水は面を打つ
大昔からひと刻も止むことなしに打ち続く
籠りびとはその手伝いに過ぎぬと言い
笑う翁の面に胡蝶も戯れる

## じじいのポケット

爺はいつのまにかじじいに
或日或時じじいが死んだ
いつもぽんぽんやったじじいのポケット
ほのポケットから出るは出るは賑々と
くすの木けや木ほうの木いちょうの木
松に檜に杉に楓　栗に桜に桂の鑿屑
籾粒米粒粟粒小豆　麦粒蚕豆に大豆
田んぼのべと　畑のべと　山のべと
蕪の尻尾大根の尻尾法蓮草の赤根
蓮華の花びら菩提樹の葉っぱぞくぞく
あれぇこれぁなんじゃ馬の耳んてな葉っぱ
ああそうじゃった沙羅双樹の葉っぱ
藁屑豆殻たばこの吸殻
チビた鉛筆チビた墨新聞紙藁半紙
出るわ出るわどいつもこいつもすまし顔して
じじいの御伴にじじいの眷族
じじい等の乗った浮雲一団
にぎにぎと村を離れる

## 夙志《しゅくし》

百姓仕事のかたわら
大工仕事を三十年余り
今までに何軒の家屋を建てた
ひとさまに喜ばれ
体も思うように動いたが
六十過ぎると手先が動かん
仕事もまずいはかどらん
潮時潮時である
さてと己《うら》の終の栖を造るか
二年かかろうと三年かかろうと
死ぬまでにできればいい
壁も天井も板張りの板づくし
孫達よ絵を描いてくれ
落書をなんでもいい

コスモスの花か椿もいい
水仙もいい曼珠沙華もいいぞ
蓮華に蓮のはっぱ風になびいて
己の顔に腹に絵筆をこすり白川文字
茜色の夕日が小窓から覗くと
檜の枕丸太を北面にすえた臥所
頭北面西右脇臥《ずほくめんさいうきょうが》とあやかる
間口二尺奥行六尺
軒高二尺八寸
身内にかつがれ野辺を逝く

## あとがき

さきの『だんだんたんぼ』が最後の詩集だと思っていたのに、あれから十年程も生きのびてしまった。その間同人誌などに発表していた作品と、どうしても書いてみたい作品をまとめてみたくなった。

これらの作品は詩といえるかどうか？　百姓の己にとって詩集を出すということは、我身の恥を晒すようなものです。いつ死んでもいい齢に、いや早く死んだほうがいい齢になって、恥にも赤恥、白恥、黒恥、青恥と色々な色彩があることに気付き、この恥を世間に晒すことによって浄化される。無垢になれる。と、自己満足している己が見えて、己の浅はかさを知るのです。ああこれが己のすべてだ。愚かな己自身の姿がみえて、その姿にありがとうと一言云うて涅槃に入れたら最高の幸せです。縄文からの親の親達や、大陸からの親の親達や、先祖、村の人達、先に逝った友達、己を支えてくれている友人、これから生まれてくるであろう曽孫に、すべての森羅万象に心からありがとうを言うて静かに消えたい。

今回も紫陽社に大いに手伝ってもらった。すみません。ありがたいことです。

二〇一三年四月

山田清吉

詩集『自然生死』（二〇一九年）全篇

Ⅰ

# 五十六億七千万年の早晨《そうしん》

初めての朝
初孫が生まれた朝
二番目の孫が生まれた朝
三番目の孫が生まれた朝
赤いランドセルの行列の朝
黒いランドセルがまじった朝
百姓の朝
トラクターの唸る朝
捥ぎ立てのトマトの朝
朝焼けの朝
青空の朝
小雨の朝
どしゃぶりの朝
暴風の朝
濃い霧の朝
木枯しの吹く朝
一面真っ白けのけの朝
おっ母んが死んだ朝
あれから七十年の朝
己《うら》の八十六歳の朝
曽孫がまだ出てこない朝

# ひやみず

ありがていことには

近頃ストンと食欲が落ちてのぅ
ご飯は茶ワンに半分もあればいい
めざしの一匹もあればおかずは十分
ありがていことには食べとうのうなった
　なるほど　食欲半減　ふんとか?
　腹の虫はせせらわらっていう
　間食《へずかし》をたらふく食ってかと

柿を食らう
梨を食らう
ミカンを食らう
リンゴを食らう
バナナを食らう
ブドウを食らう
薯を齧る
なすびを齧る
トマトを齧る
蜂蜜を舐《ねぶ》り

黒飴を舐り
コーヒーガブガブ
　それぞれそれぞれそれぞれ
　どこが一汁一菜
　食い意地張って
腹の虫にどづかれた

## お迎えおむがし*

お迎えが来たという
誰が逝く
お前がじゃ
ああ己《うら》がか
それはありがたいこっちゃ
今日かあすかと待っていたが
やっと来たか

赤ふんの青鬼の引くお羽車
己の前で止まった
　おう！
赤ふんに手を振って
お羽車にのせてもらった
ありがたいこっちゃ
年寄りばっかしの村
若者一人に
年寄り十人の村を
はなれる

＊　おむがし（うれしい）

ふくい詩集（二〇一三年度）

## 己《うら》がべとになった刻《とき》

きた　きた　きた何が来た
まちに　待った　己《うら》の刻
己という己が　べとになった刹那
己はどこからきたのか
教えてくれた
ほれ　ほれ　ほぅれ
これはお前の出てきた
べとの草
何千何百の土筆たち
田んぼの土手の草叢
臭虫　蛆虫　鋏虫
白骨振って骨踊り
ぶるん　ぶるん　ぴいひょろろ
お前も踊れよ　吾等の兄弟

さっき土手で倒れて
頭を用水路《えざし》に落とし
みみずや蟻めと契を結んだお前
うらうらに
己のたびたち
べとのなか

ふくい詩集（二〇一六年度）

## こころ

ぼうの　こころってどこにあるの！
どっかそこらにころがっていない
ない　ない　どこにもない
そんじゃないんかも
だって　きんのうみたぞ
おう！　そうか　どこでや
ぼうが兎越峠をのぼっていたとき
ぼうのよこを馬車馬が体から汗を流し
荒い息を棒のように吐いてのぼってきた
おんさんも馬車の引き綱を肩にかけ
よいしょ　ふうふう　よいしょ　ふうふう
馬とおんさんのはく声と息はこころやと思ったが
おう！　そうかい　いいもんみたな
ほいてさァ馬の目ん玉の中にうらがいた
おう！　そうかい　いいもんみたな
人間には百八とか八万四千の煩悩《こころ》があるが
馬や牛　鳥や草木　魚や虫けらには
たったひとつのこころしかない
ほのこころは純粋で唯の無欲恬淡《むよくてんたん》
ひょっとして　馬もおんさんもお前も
あの坂で一瞬　草木のこころになったのかも
ほいて　それらの最期は捨身飼虎《しゃしんしこ》でおえる
ほんなむずかしいことというてもわからん

いやァすまん爺の言うことはわからんでいい
人間は荷車に乗せきれんほどのこころを
いっぱい持って苦しむが
人間以外のものはたったひとつの無欲恬淡
慈悲のこころしかないということじゃ
ふくい詩集（二〇一四年度）

# イイコト一パイ

己《うら》って誰じゃったけのう
己ってこんな己じゃったけ
そうじゃこれが己じゃ
手足がキタナイ
首筋がキタナイ
髪毛がキタナイ
着物がキタナイ
言葉がキタナイ
嘔吐がキタナイ
ゲーイ　ゲーイ

下着がクサイ
息がクサイ
足がクサイ
尻《けつ》がクサイ
小便クサイ

声がウルサイ
咳がウルサイ
痰吐ウルサイ
足音ウルサイ
茶碗ウルサイ
キタナイ
クサイ

ウルサイ
どれもこれも尻っぽは
「イ」で納まる
身から出たさび
イイコト一ぱい
一番イイコトは
言わぬが花なり

## 早稲田

雨は降ったり止んだりがいい
天気は晴れたり曇ったりがいい
風はそよ風がいい　たまには強いのもいい
五月の連休に植えた田んぼ
細い針みたいな苗を田植え機は植えた
植えたては水ばっかり波うち苗はすっかすか
でも蛙達は大勢で声を張り上げてくれた
六月に入ったら一株は分蘗《ぶんけつ》しにぎわう
七月に入ったら止葉が出てはしり穂が覗く
七月の中頃には穂揃い　穂花の満開
穂は日に日に重くなって頭をさげる
八月のお盆には田んぼ一面黄金の波動
墓場の先祖も親達も目の前の田んぼを称える
お盆が過ぎるとコンバインの出動
三月に蒔いた一粒のモミから　はやくも
今年の新米は出回る　虫の声に送られ
不可思議である　田んぼの力　奇怪千万
百姓の己何《うら》をした　なんもせなんだ
ただ認知症の窓から
ぼけっと見ていた
遠くない昔の飢餓の背中を

## 自然生死《じねんしょうじ》

静かに座り
静かに見ることにより
己等《うらら》人間は
心の安定を得ると
今に生きている釈尊の教えなり

道元禅師は
このことを
坐禅と教えられた
只管打坐《しかんたざ》
無条件の坐禅なり　と

証知生死即涅槃《しょうちしょうじそくねはん》
親鸞聖人が発《ひら》かれた
『正信偈《しょうしんげ》』の一偈なり
生死即《しょうじすなわ》ち涅槃《ねはん》と証知《しょうち》す
この一偈娑婆は無常の寂音なり　と

毎朝唱える正信偈
経典知らずの凡夫の己だが
己の唱えも自然の寂音なり
自然生死　生死自然
世の中一切人のはからいにあらず　と

## ぽかんの刻《とき》

いつからか知らんが
なーもかんじん
なーもおもわん
なんやら己《うら》がどこかへ

消えるみたい
痛かった膝《ひざんぼ》は痛《いとう》ねえ
痒かった背中
すかっとなった

おおそうか
それあいいこった
人は最期が迫ると
病《やまい》ぬけするというが
そうだ　きっとそうだ

そうか　それあありがたいこった
嬉しいこっちゃ
なんやら体全体《からだ》が軽うなった
あの欲の皮もはがれたのか
なァもほしと思わん
耳鳴りが静かになった

目のかすみも晴れてきた
有難いこった
歓喜の極み
いつもの旅立つ前の
そわそわはのうなって
ただぽかんと静かに
何かを待つ　己がいた

## 子供みこし

べとからせい　べとからかん
べとからせい　べとからかん
根雪も消えて春の彼岸になるとこの声が
どこからともなしに子供の遊び場森の土《ど》様《さま》に降り
てきた

子供たちは喜んでにぎにぎと彼のもとに集る
ぼろ布をサリーのように体に巻き付けた乞食行者
足首は黒くごつごつ鳥の足顔付きは童顔で優しい
子供たちは長い篠竹四、五本を行者の腰の両側にあてて
縄でくくり青葉の木枝をそえてみこしをつくった
べとからせい　べとからかん張り揚げた声で出発
行者の声は子供の声にだかれて村の隅々までねり歩く

乞食行者はべつに物乞いをするでもなし
べとから生《せ》い　べとから還《かん》と
行者の声に合わせて呪文のように唱える子供たち
その声は村の家々に野良仕事の人々にこだまする
行者はただ細い眼から笑顔をこぼしふりまく
十五、六人の子供みこしにおさまって乞食行者
仏土伽羅生《べとからせい》　仏土伽羅還《べとからかん》
草木も獣も　虫も人も　みんなみんな
べとから生まれてべとに還ると呪文のように唱い

春告鳥になっていたあの行者もういない

## 阿呆垂れのうた

なんちゅうこった
己《うら》の一生あほたれじゃ
八万四千煩悩《ぼんのう》まみれで
煩悩知らずのなれのはて
卒寿と言うほどのいのちを長らえ
そつじゅと言うはなんのこと
己はあほたれ何んにも知らん
ばか　あほ　まぬけ

ひょっとこなんきんかぼちゃ
子供《がき》のころの駄洒落うた
覚えていたのはこれだけ
百回千回万回唄ったけど
なんきん頭はからのから
ここのここでも
いまのいまでも
やっと知った己のあほたれ
あほたれさんよいつ逝くの

## 兄貴

兄貴が死んだ
己《うら》より七ツ年上の兄貴が死んだ
九十三歳　大往生である
二年程前からころんで骨折したり
眼病で左眼を失明したりで
一ヶ月ぐらいずつ入院
病院ではいつも落ち着かず
帰りたい　帰りたいとやかましかった
死ぐ二日前に又入院したがおとなしかった
こんだは　帰らんでもいい所へゆく
帰らんでもいい所へと呟く

昭和十五年兄貴は十八歳で親爺に死なれた
二町歩の田んぼの野柱になり母を助ける
二年程して鯖江の三六連隊に入営
その翌年連隊は軍旗と共に総てサイパン島へ
兄貴は連隊と共に行動したいと願ったが
千葉県習志野で急遽編成された「納」部隊*へ
昭和二十年春　九十九里浜にて訓練中
突然　背後から米軍の艦載機におそわれた

バリバリバリバリ　バリ機銃掃射を浴び
必死で砂にもぐろうと頭を両手でかかえた
ナマダナマダナマダナマダ
兄貴は死んだ　五秒か十秒の長い時がたって
まてよ　手が動く鼻から息が入ってくる
こわばっている背中がゆるみ痛みがはしる
山田！　山田！　大丈夫か？
小隊長の声で飛び起きた

いま　兄貴はもったいなくも天寿を全うできた
歓喜このうえもなし　自然死《じねんし》である
尊厳の自然死で土《べと》に還った兄貴
いまごろ　サイパン島の岩陰かも

＊「納」部隊は本土決戦に備えた機関銃部隊だったようだ

# 八十八

夏も近づく八十八夜　ちょん　ちょん
こんな調子でありがとうの音を探す
寝たきりにならなくてありがたい事です
今日も快便です　ちょうど良いかたさの便が
肛門をゆっくり通過するときの快感幸せです
ありがたいことです　大便よ肛門よありがとう
そして便と一緒に腸内細菌も排出されるとか
乾燥大便一グラム当たり一兆個程のものが排出す
る＊
知らなかった己等《うらら》の体の仕組みにただ感動
己のものであって己のものではなかった
この体は細胞や細菌で作られているらしい
しかも毎日大量の新陳代謝で成り立っている
大切にしなければだしゃかんことです

毎日三十分ぐらい歩けてありがたいことです
右眼はほとんど見えなくなっていち年
左眼が〇・四ぐらい見えるからありがたい
ありがたいことです　ありがとうは黙然にて候
念仏も黙然がいい　年をとると耳も聴こえん
ついつい声が大きくなってうるさいそうだ
歩いていると小さい小さい草花に出会います
一ミリの半分ぐらいの美しい紫金の花に
ひょろひょろのか弱い茎のてっぺんにちょこんと
草の名前は知らないが迚《とて》も美しい花です
万年床の中でも花を探している　どんな花か
それは　咳をしても一人　放哉かも

＊　福井新聞の「うんちく講座」参照

# 岡崎さん

六月十一日の夕方息子が敦賀の岡崎さんが亡くなられたとの電話があったよ、と言ってメモ用紙をくれた。十三日七時通夜、十四日十時葬儀と書いてある。じっと眺めた、言葉も出ない、覚悟はしていたが、こうして岡崎さんの訃報を知らされると、なくなられたか。と言葉にならない言葉を発し目頭を押さえた。あさってが夜伽、今すぐにも駆け付けたいが、心の中で十三日の朝、会いに行こうと決めた。

　ここところ己《うら》は、夜九時か十時頃、毎日三十分ぐらい散歩している。ああ今日十一日は十五夜だな！　満月が煌々とかがやいていた。なんと美しい大きいお月さんだろう。岡崎さんはあの寂光浄土へ旅立たれたのだ、だからあんなに輝いていなはる。自然と合掌していた。己のこの体は、月影で、足元からくっきりと地面からすこし離れていた。五月の連休に植えた苗はもう盛《さか》んに分蘖《ぶんけつ》していて苗株の下の水面に、ちかっ、ちかっと月光がまたたいている。咄嗟に岡崎さんの最後の詩集『寂光』の「蛍」が……。

## 蛍

蛍は
月の光を
ひとしずく分けていただいて
灯《あかり》をともしたのでした

小さな月を
躰に宿して
夜を翔んでいます

蛍の灯《ひ》は
月の光のしずくです

（『寂光』三〇頁）


己が住んでいる福井市のあの辺はもうめったに蛍は出ない、今年はまだ一匹も見ない。

十三日朝十時の列車で敦賀駅に、岡崎さん来たよ、岡崎さんの家は駅から近い。歩いて十分もからないと思ってたが、なかなか遠い、たしかこの辺だったが、人に尋ねて安井さんの表札の前に立つ。奥様が迎えてくだされた。岡崎さんのお顔を拝見、岡崎さん、己も連れていってと声を出し、美しい顔をなでまわした。冷たかった頬はすこし温かくなった。奥様は十日夜、勇さんは静かに息を引き取りましたと……。

十四日の葬儀は、曹洞宗のお坊さんが五人木魚を打たれ読経を荘厳です。木魚の音色の強弱の美しいひびき、深山の樹々の森から聴こえる梟の声そのもの自然なる音色。己等の心を和ませてくださる。岡崎さんはこの娑婆ですでに解脱されて寂光浄土へ旅立たれた。岡崎さんいずれ又ね。

（追悼　岡崎純特集『角』44号より）

## Ⅱ

# いま

いまの　いまの　いまのいま
息をひきとったおやじ
目をおとしたおっ母ん
あれから六十年七十年
己《うら》もあのときのまま
湯気の立つ湯灌の霞のなか
きのうも今日も顔を会わす
でも　微笑む親達に顔向けできん
相すまん事をしでかしてしもうた
いまの己のこのぶざま
去年も今年も来年も米を作れん百姓
田んぼも畑も杜も我が家も
背高泡立草は空家で渦巻き　立入禁止
縄文からの宝の祝盃高坏で
孫やひ孫が挙げる歓喜を
贋の安全神話に目がくらみ
たたき落とされ木っ端微塵
じじばばが首を縦に振ったが故に
孫よひ孫よ相すまんことです
すまんことではすまされん
家族は離散ちりぢりばらばら

貧しくとも温かかったこの邑《むら》を
こんなことにしてしもうて
この寒空のもと死んだ田んぼ
推進村の落とし穴へ墜とされた邑の髑髏
石の地蔵さん道祖神じじとばば
穴の底で跪きうずくまる
フクシマ　フクイノイマ

## 八月の蟻

八月の地上は恐ろしい
八月は地上に出るな
八月は土の奥の部屋に籠もれ

　一機一発！！焦熱地獄
八月が崩れ堕ちる

黒い雨が土砂降る
ひとは立ったまま黒焦げ丸太
ごろごろ　ごろごろ

　かさなりごろごろ
水を　みずを　ミズを

剝がれた肌人《はだびと》　川へ飛び込む
黒焦げ丸太は流れを止めて
地上のすべての命を破壊
壊したのは人間
人間が恐ろしい
人間は恐ろしい

　一機一発！！地球壊滅
人間は恐ろしい

人間が恐ろしい
八月は地上に出るな

## 牛

毎日顔を見せたじじがこない
時たま鍋をさげてきたばばァもこない
おかしい　何かおかしい
親切にしてくれたおやじ
バタッとこなくなって二十日は過ぎた
牛小屋の閂《かんぬき》をはずして
ほうり投げたおやじ
角をさすり頭をさすり首をさすり
涙落として言葉にならん言葉を残したまま
一体なにがあった

草叢で草を食っていたら
突然の射殺
前脚折れて
崩れ落ちた巨体　どどっと
四脚をくくられ
トラッククレーンで吊し
大きく掘った穴へ
穴は青いシートを敷きつめ
土《べと》は見えん
死んだ巨体　シートに包まれた巨体
べとにも還れん
死後の行き先はどこ
一体なにがあった

## すみません

大きい湖を守っておられるお隣の方々
　すみません
古京の都を守っておられるお隣の方々
　すみません
福井の　このじじばばが
普賢菩薩　文殊菩薩という幻影を信じ
造らせてしまった十五基もの原発
人間の手に負えん原爆みたいな原発を
　すみません
故郷の未来と　ひとの命を脅かす原発
孫達やひ孫達　お隣の未来の方々にも
この巨大な重石を背負わせてしまって
　すみません
またもあやしげな国策が罷り通るいま
積極的に平和破壊へ驀進するめくら蛇
福島の原発事故はコントロールされた
再稼働　再稼働　再稼働
　すみません
じじばばの　首根っこは
国策再稼働で切り落とされ
田んぼをころがるゴロン　ゴロン
　すみません

## 他人事に非ず

己《うら》の脳足らずの頭の中は
今の今もメルトダウンのうず巻
オーバーヒート　オーバーヒート
夜も昼も眠れん物狂い
あれから四年

土地は根こそぎ取られて
家族ばらばら
村へも海へも墓場にも入れん
どうなっているんじゃ
ふんとの事は
己等《うらら》には解らん
死にたい　死にたい
死がれず　苦しんでいる今の今
東電もお上もかくしている
なにもなかったかの如く
再稼働　再稼働
原発ゼロの政策から
電源二〇パーセントへと国策の愚策へ
原発が原爆と同じ人間の手に負えん
危機に翻弄されても経済優先の為に稼働
あんな恐ろしい原発動かしてどうする
止めよ原発
止めんか原発
明日は福井じゃが己等の声はむなしい
老いぼれ早く死にさらせ
ぐたぐたごたくをならべくさって
経済優先
命より金じゃ　金じゃ　金狂い
憲法なんか糞くらえ
恐ろしい世の中になったもんじゃ
早よう死にたい

ふくい詩集（二〇一五年度）

## ナツツバキ

一輪の花
夢幻の花
真っ白い花

真っ赤い花
数えきれない花　花

六月は　デイゴの赤い花　花
撃たれ焼かれ裂かれ踏まれた花
八月六日　ヒロシマのナツツバキの花
八月九日　ナガサキのシャラの花
黒い雨で潰された花　花
真っ黒にただれた無垢の花　花
唇をすぼめ土になった花
小さい花
秋分の夜嘯《うそぶ》く花
しろい花
暗闇の底で噎《むせ》ぶ花

## 似而非詩《えせし》

一九四〇・一〇月　全政党解散大政翼賛会結成
一九四一・一二月八日　真珠湾奇襲攻撃開戦
二〇一五・八月　川内原発再稼働トラブル続出
二〇一五・一二月二四日　高浜原発再稼働へ
無責任な国策原発再稼働に青葉山《あおばさん》の顔面蒼白

神国皇軍は戦勝神話に縛られて大敗
原発銀座は安全神話に縛られて重大事故
それでもいままた司法も知事も
原発事故はなかったかのごとく
市長も町長も立地条件は満たされたと
あわて急いで原発再稼働の国策に肖《あやか》る

いままた全体主義の黒雲は列島を覆い

あの原発重大事故の東電は黒字決算の頬被り
除染や中間貯蔵施設　事故対策費など
何十兆円になろうと電気利用者の永遠の負荷
一億総負担吾等の脳中では非常の鐘鳴り止まず
原発再稼働の悪夢は飴玉一つなかった
昭和一桁生まれの己等《うら》の心臓を破る

時　過ぎて幾年
虚弱な孫や曽孫たち　凍てついた体で
原発をいくつも背負って闇を這う
国策に踏み躙られた御食《みけ》つの国の浜辺を徘徊
原発ゼロ原発ゼロの呪文の声のみ人影も無《な》し

## 眠れない8ガツ

8ガツノキョウモ

ピカドンが頭上で炸裂している8ガツ
何百何千億ものイノチ
閃光と爆風で跡形もなし
ズンベラボンの真っ黒け
鍬を挙げたまま縄を握ったままの女学生
ひとも草木もみみずもイノチなし
　8ガツ　ムイカ
　8ガツ　ココノカ
夕焼け空は壊滅　大地も崩壊
今年も8ガツの頭　狂いだす
　七十年経とうが
百年経とうが
　アレハ　ナンジャー
8ガツの頭　早鐘の連打で割れて粉ごな
死んでも死にきれない　イノチの蠢動
ピカドンを作った人間は恐ろしいぞ
ピカドンを落とさせた人間は恐ろしいぞ

今の今もピカドンを何万発もかかえて
いつでも使えるように磨かせている
人間の顔をした人間は恐ろしいぞ
何百何千億ものイノチの盂蘭盆《うらぼん》
　雨戸を開け放した家々を
　行き交う生霊《いきりょう》と死霊《しりょう》と　蛍《ほったるこ》
　　二〇一七年八月十六日福井新聞

# ミミズの遺言

何故　原発を再稼働させるの
ここ一、二年稼働せずやってきたのに
電気は　十分まかなえてきたのに
人間どもの手に負えない原発
再稼働してはトラブル続きの原発
原子力規制委員会が作った新基準
所詮権威で描いた画餅《がべい》じゃないの
福島第一原発の重大事故
なかったかの如く馬耳東風稼働
チェルノブイリの惨状では
村からミミズが消えたと
福島原発村のミミズは健在ですか
草野心平さん　福島のカエル《ぎゃるめ》は健在ですか
これからうまれてくるものの為にも
原発を稼働させるな
己等《うらら》ミミズの言う事なんか屁の河童でも
あえて言う　原発稼働は国土消滅じゃと

# しっぽが切られた凧

己等《うらら》の親爺である県知事さん
お問い申し上げます

己等の県が幸福度日本一じゃと言う
あれは本当ですか？　もしかしたら絡繰《からくり》芝居では
爽やかな大空を泳ぐ凧のような幸福度
此の凧にはしっかりと尾鰭が付いていますね
原発がなかったらという尾鰭が
でも原発０《ゼロ》の尾鰭は一向に見えませんのう
若州という御食《みけ》つ国《くに》の海辺《うみべた》に
よくも十五基もの原発を作ったもんだ
貧乏県だからです？
大乗仏教の教えを身に付けた慈悲心を煽って？
それとも原爆を作るプルトニウム製造の為？
ヒロシマ　ナガサキの惨状
福島原発の事故六年経っても手も足も出せない
なのに高浜原発三、四号機を平気で再稼働
知事さんに再びお問い申し上げます
もしも事故が起きたらだれが責任を負うの？
琵琶湖の水で生活している何百万の人々を
どうして救えるのです？
己等《うらら》は昭和十九年春の国民学校の卒業生です
学校で教えられたことは敵を殺すことと
天皇陛下の御為に悦んで戦死することと
教育勅語の暗記と敵愾心の昂揚のみだった
愚かな己等百姓の子供は先生の命令は朕が命令と
信じて疑わなかった神風もなし焼け野原で敗戦
帝国の大本営発表はでたらめで大嘘だった
この原発再稼働も経済的にどこが有利？
福島原発事故の収拾の底無し　どこが安いの？
それとも己等子や孫は原発が出す核のゴミ？
こんな怖い原発は零《ない》のが自然の姿やったのに

Ⅲ　じじいのつづりかた

# ハニホヘトイロハ

たしか昭和十六年三月校長は朝礼のときに言った
新学期からこの小学校がなくなり国民学校になると
この四月で六年生になるはずの己等《うらら》はどうなるんじゃ
小学校を消《な》くして国民学校にするということは
どういうこっちゃ　なんのことかわからんかった
馬鹿野郎おめぇは阿呆か　小学校という名前が国民学校になるだけ
という者もいたが　内心そわそわと落ちつかんかった

それからその年の十二月八日に戦争がはじまった
日本勝った日本勝った国じゅうがわきかえった
それからだと記憶するが唱歌の授業が変わった
いままでのドレミハソラシドの音階は禁止だ
敵性語であるから使ってはならんとお上の命令
神国日本の言葉で昔からのハニホヘトイロハに替わった
それからの唱歌の授業は幻滅の連続じゃった
あけても　くれてもハニホヘトイロハ　ハホト
先生はピアノの鍵盤《キー》三つを一緒に打ち鳴らしていまの音はと
和音の特訓である　ハホト　ハヘイ　イロハ
この授業は　敵機か味方の飛行機かを聞き分けて
すばやく察知する大切な授業だと怒鳴る先生
唱歌の授業のみならず国語算術体操ABCは禁止
敵性語らしきものは口にしてはならんという
国民学校の全ての教科はただのウチテシヤマン

昭和十八年十月二十一日朝　しのつく雨の中
ずぶ濡れになった学徒二万五千人が明治神宮外苑を
行進した「出陣学徒壮行会」は悲壮だった
「大君に召されて戦《いくさ》の庭にいでたった若人」
彼らは心底から「天皇陛下万歳」を三唱できたか
否　否　特攻隊で自爆した学徒　輸送船もろとも
海の藻屑となった学徒　今も海底をさまよう

## どーものおんさん

隣の在所に剽軽《ひょうきん》で少し吃りのおんさんがいた
昭和十九年の初夏　己等《うらら》子供三人はしじみを採っていた
「どーもどーも坊らぎょうさん採ったなァ」どーものおんさん
石橋に置いたバケツを覗いて鮒もいるなとほめた
「今の坊らは飴玉ひとつのうて可哀想なこっちゃ」
「なんの　己等は何んもいらん欲しがりません勝つまではじゃけ」
己等はメダカ《チャランコ》の走る小川からあがっておんさんを囲んだ
「おんさんこないだの話もういっぺんしてくれんかのう」
「どーもあの話は誰にもしゃべったらあかんぞ！
もしも巡査に知れたら己も坊らも豚箱じゃからな！
ここは沖田の真ん中　誰もこん　風しかこんでええか」
昭和十二年七月七日支那事変が勃発　己等年寄りにも
赤紙がきて召集された【同年九月二十九日上海ニ上陸

己等ハ幾多ノ激戦ニ参加シナガラ鯖江歩兵等三六
　連隊
脇坂部隊長ノ指揮デ首都ノ南京ヲ攻略　光華門ニ
日章旗ヲ立テント死闘　多クノ戦友ハ戦死シタ
己ハ顔面ニ敵弾ノ破片ヲ受ケ後退　間モナク南京
　陥落】
翌十三年一月揚子江の河岸に大勢の支那人を集結
その群集の一角で一人の日本兵が赤んぼうを高く
　高く
ほうり上げている　人形だと思ったが生きている
　赤んぼうだった
その落ちてくる赤んぼうをもう一人の日本兵が突
　き刺した
剣付鉄砲をかまえて突き刺した　生きている赤ん
　ぼうを
赤んぼうは声も立たず失心していたのか黒い血と
腸《はらわた》をドロリと突き刺した　兵隊にかぶさった
己等召集兵は顔をそむけてこの場を逃げたが
腹を割られた赤んぼうは追いかけてきた
内地の己等の赤んぼうも腸を引きずり……
どーものおんさんの声　とぎれて顔は真っ青脂汗
　が吹き出た
目の前の赤んぼうに謝り石になったおんさんを見
　た
誰となくバケツの中の生きもんを川にかえしてい
　た

## 戦争と小学生

昔々日本は太平洋上で戦争を始めた
米国のハワイにある真珠湾にある軍港を
突然の不意討ちによる奇襲攻撃で爆破した
一九四一年十二年八日未明の臨時ニュース

大本営発表のラジオはガンガン戦果を放送
国民学校六年生の己《うら》は心からバンザイを叫んだ
しかしこれは非常に狡い方法で始めた戦争だった
一九三七年七月七日日本軍が中国の盧溝橋で
仕掛けた中国侵略事件からのエスカレートであっ
た
その頃己等《うらら》子供は朝鮮人を「チョウセンボ」と呼
び
支那人を「チャンコロ」と蔑《さげす》み侮辱していた
他国から見れば傲慢無礼な暴言であったが
己等子供は得意になってそう言いふらしていた
己等の大日本帝国は神の国世界での一等国だ
小学生の無垢な心は軍国主義に汚染されていた
小学一年生からどうしてこう教えられたのか
その最たるものが校門の脇にある奉安殿だった
奉安殿とは天皇皇后両陛下の御真影と勅語を
保管した神殿のような建物のことである

生徒は登校下校の時は必ず最敬礼を強制された
ある日急いでいて敬礼を忘れ先生に見付かる
教室の廊下で水の入ったバケツを持って立たされ
た
他の生徒へのみせしめの為か重い懲罰だった
誰もいない時はバケツを下に置きスリッパの音で
又持つ
これが軍国主義教育の根幹ではなかったか
戦争の結果はすべて無茶苦茶で沖縄戦の惨事から
広島の原子爆弾投下長崎による生きものの絶滅
日本の降伏を知ったソ連は急遽八月九日に参戦
あれはソ連の火事場泥棒だ　択捉《えとろふ》国後《くなしり》など四島を
略奪したまま今もロシア住民を移住させ基地化し
ている
戦争に正義なんてあるものか勝ち負けも無い
恐ろしい核兵器の開発は生きものの絶滅地球の破
壊なり

今の日本は国難国難と煽って核兵器を持ち兼ねな
い族《やから》あり
幼稚園児に教育勅語を暗誦させる閣僚もあり
恐いことです　恐いことだ　恐いことです

# 海ゆかば

昭和十五年己《うら》が小学校の五年生のときやった
天皇陛下の第一代である神武天皇が即位して
二千六百年という節目の大切な年まわりで
小学校を軸に国を挙げて皇紀二千六百年祭を賑わ
う
「金鵄輝く日本の栄《はえ》ある光身にうけて……」
歌詞はすっかり忘れたがこの断片が胸底にある
四月二十九日は天長節学校へ村長も参列した
校長はモーニングの礼服で純白の手袋を付け
うやうやしく教育勅語を奉誦《ほうしょう》しはじめた
「朕おもうに　わがこうそこうそう」と
始めた途端に己等三人はふき出してしまった
朕という意味を知らない己等は朕という音が
男子のチンチンのチンだと入学以来の伝承
校長は笑いに気付いて来賓が退場してから
三百余名の生徒の整列に割り込んできて怒った
「笑った奴はどこじゃ」青筋を立てて探した
幸い己等の反対の列だったのでばれなかった
もし見付かったらと生きた心地ではなかった
この大祭の年　千島の択捉島の単冠湾《ひとかっぷ》では
日夜真珠湾攻撃の猛訓練が敢行されていた
我が国はこの大祭の裏で開戦の準備をしていた
校長の命令は朕が命令と心得勇敢な兵士になれ
「海ゆかば　水漬《みづ》く屍《かばね》／山ゆかば　草生《くさむ》す屍《かばね》／
大君《おおきみ》の／辺《へ》にこそ死なめ／かへりみはせじ」
この歌詞とメロディーの威厳には圧倒された

帰宅しても田んぼ仕事を手伝っていても歌った
この年の七月親爺は田んぼで死んだ
親父は村一番の働者《はたらきもん》己は怠者《なまけもん》で一番　性合わず
でも海ゆかばを歌うようになって怒りが消えた
天皇陛下の為なら死んでもいい名誉なことだ
国の為になる　村の為になる　家の為になる
あの時の　海ゆかばは　今もあの時のままで
今も己の体の中をながれているどうしたことか

## 探し物—其の一

己等《うらら》は彼を　シノヤンと尊敬《そんけい》をもって呼んでいた
高等科二年生を卒業したシノヤンは　昭和十七年
　の春には
大きい夢を抱き　満蒙開拓青少年義勇軍となり渡
　満した
しかし同二十年敗戦　シベリアの収容所で肺結核
　を発病する
収容所は酷寒のチタ地区のシワキ収容所で　同僚
　は次々と凍死
同二十二年六月二十九日舞鶴に帰国　同二十四年
八月三方の気山国立療養所に入所
ここで三年療養生活　二度肋骨をてき出《しつ》片肺にな
　り出所した
帰ったシノヤンは「不思議だなァ奇跡だ」と　他
　人の事のようにつぶやく
何回も死神に抱かれ死斑を刻印された　でも向こ
　う岸へ逝かなかった
昭和二十年母と妹が　死亡していたのを知ったの
　は同二十二年六月三十日家に入った時だ
村へ帰ったシノヤン　どこで覚えたのか牛使いが
　得意だった
朝は遅いがシノヤンを乗せた牛車は石山へ御出勤

マンマンデー
夕方はシノヤンが　車の上で居眠りしていても牛は車を引いて帰っていた
そのシノヤン　ある日ぼろぼろの写真帳を持ってきた
「おおこれァ生首じゃねえけ」と己《うら》はこれを見ておののく
シノヤンが　ある未亡人から「恐ろしいから捨てて」と頼まれた物だ
己はそれをまともに見られなかった　でも見たい好奇心が
これを寺に持参して住職に供養してもらってから恐る恐るそれを観た
そこには青竜刀を振り上げている支那人がドテラを着た支那人の首を刎ねていた
あたりには切り落とされた首　五ツ六ツころがされてあった
その端に奥付《おくづけ》が見えた　陸軍歩兵第一九連隊と判読した
支那人がなぜ支那人を大衆の前で同僚の首を刎ねた
日本陸軍が仕掛けた見せしめか　図録文字○○連隊の凱旋記録とある
今から五十年前の記憶だから確実ではなかろう
あの図録には　絶対の真実が埋もれていたと確信した
その為にもあの　ぼろを己は必死で探している
誰か知りませんか　どなたか知りませんか
シノヤンは亡くなり十余年　シノヤンにも聴けない

## 探し物—其の二

あのぼろ写真帳の奥付の陸軍歩兵第一九連隊は敦賀の連隊です
○○連隊があるのは福井県鯖江の歩兵第三六連隊のことです
探し物の写真帳を失《な》くして三十年　でも己《うら》の頭の中は支那住民の生首ばかり
去年の暮れ鯖江の陸軍墓地にある平和記念館を尋ねた
昭和八年生まれの温厚な館長さんの話　終戦の翌日二日二晩にわたり
三六連隊にとって都合の悪い書類は　山にして燃やしたといわれた
進駐軍がくるまでに一切を焼却した　写真帳もそのときの燃滓《もえかす》かも
シノヤンが　己に託したあの写真帳が今になって貴重だと気付く
無《な》くした探し物　探しても探し当たらず思案投首《なげくび》
昭和十二年七月七日　支那事変勃発　同年十二月十三日南京陥落
あの時己《うら》は小学生の二年生だった　年明けて南京陥落の提灯行列に参加した
鯖江の三六連隊の脇坂部隊が光華門一番のりの祝賀行列でもあった
しかし　あの祝賀行列の背後には秦郁彦《はたいくひこ》著『南京事件』虐殺の構造がある
著書（一五六頁）「十二月十二日南京の城内退却した中国兵は中華門城内に逃げ門を閉じた
逃げおくれた敗残兵は門外に散在する部落にたてこもり抵抗したが
歩兵六六連隊（宇都宮）第一大隊が突入して三時間の白兵戦　敵は白旗をあげた

その後　総数一三五四人の捕虜（半数は民兵）を
とらえたがそのあつかいに困った
その監視に当たった渋谷仁太第一大隊長から上部
へ方針を問うも
返事がすぐには来ない　十三日午後二時零分連隊
長ヨリ命令ヲ受ク
イ、旅団命令ニヨリ捕虜ハ全部殺スベシ其ノ方法
ハ十数人ヲ捕縛《ほばく》シ
逐次銃殺シテハ如何（略）午後五時刺殺開始
シ　午後七時二十分刺殺ヲ終レリ連隊ニ報告
ス」
著書の一六七頁にはこんな写真がある　南京下関
の江岸にたまった死体を流す日本兵の姿
「どーものおんさんの赤んぼう突刺の真相」（『角』
48号）もこの一端であろう
ぼろ写真帳の中での支那住人の切り落とされた首
の実態とて真実である

三十万とも四万人とも虐殺された本当のことが己《うら》
村にあるのです
我が国はあの南京事件の犠牲をいか程いたみ弔い
謝罪したのか
中国では　十二月十三日は「南京大虐殺記念日」
である　この村にも
「南京大虐殺」の一本の樹木が根付き育って話し
てくれています

## 生きものを殺すなかれ

いつのことでしたか　インドのバナーラスのゲー
トで日の出を拝した
眼下のガンガーでは大勢の人が水にもぐり水と遊
び日の出を拝んでいる
己《うら》もつられて沐浴した　ガンガーは温かい母の体

温そのものだった
時は二月河もその向こう岸もおだやかで静かだ
ゲートに戻ると
真っぱだかの修行者の一団　二十人ばかり一人の
子供を連れて現れた
一本の細い棒切れを持って灰を体につけて一糸も
纏《まと》っていない
誰もが生まれたときのままで全くの無所有　透明
で聖なる姿だった
帰国してから「ジャイナ教」を紐とく
ジャイナ教は仏教と同年代　同地域で紀元前五〇
〇年頃に成立している
愚かな己《うら》はこの著書をゆきつ戻りつ　とどこおり
ながら読んだ
あの棒ぎれは払子《ほっす》である　日本僧侶の払子とは違
って虫をそっと払う払子だった
また著書の六一一頁で　南方熊楠の文字が顕れた

南方によると
仏教よりもキリスト教よりもまさっているのはジ
ャイナ教であると
また、語ることなき動物のみか　植物にまでも親
切にするなり
動植物を愍《あわれ》み生類の無差別を主張し実践する点で
よりすぐれているのだと
たしかに愛や慈悲の教えを理論的に徹底するとキ
リスト教仏教よりもすぐれている
この点を明言したのは日本思想上　南方ひとりで
あろうとあった
太平洋戦争で　あれだけの人を殺し殺された日本
が今だに人殺しは絶えない
誰でもいい人を殺したかった　と平気で人を殺す
犯罪がなぜ起きるのか
原始仏典には次のような言葉が見られる
すべての生きものは暴力を恐れる

すべての生きものは死に脅《おび》える
わが身に引き比べて殺してはならない
また他人をして殺させてはならない
（『ダンマパダ』）
これはまぎれもなく二千五百年前の釈尊の教えでもある
これこそ真実で変化のない永遠の普遍の教えである
インドでは今日の生活に虫一匹殺させない戒律を実現している
それに引き替え　日本国の国策は恐ろしい
原発を稼働する　アメリカ兵器の爆買い　沖縄の二度殺し
まるでこれから生まれてくる人がいないような酷策である

## あとがき

詩集『土偶《でこんぼ》』を紫陽社から出してもらったとき、これが己《うら》の最後の詩集だと己の心に言いきかせながら発刊しました。あれから七年の年月が流れた今、また詩集を、いや最期の恥を晒すことになったのです。百姓の己《うら》にとってこの恥は己《うら》の持って生まれた業であり、己《うら》の心のオアシスでもあった。

己《うら》は子供の頃から絵画が好きだった。鉛筆をねぶっては、家の柱や壁に縦線、経線、螺線を引いて遊び、いつも親爺に怒られていた。時には柱の角を鎌でけずって、「われやー、家壊《うちこわ》しじゃ」と親爺に怒鳴られ、たたかれそうになったので外へ逃げた。いつも怒鳴られ、おこられていたが一度もたたかれたことはなかった。短気持ちの親爺のいる家にはいれない。夜になったら、車小屋とか灰小屋で寝たものだ。するといつの間にか己《うら》を探しあてた母は、己《うら》を着物の裾に隠して流し口から家に入れてくれたものです。その母がいつも言い聞かせてくれた言葉があります。「ならぬかんにん、するがかんにん。ぜったいかんにんならんことを、かんにんするのが、かんにんだ」。

母は字を書けない。平仮名を、たどりたどり書いたものを己にくれた。この言葉には愛情がこもっていて己の宝になったのでした。

親爺は村一番の働き者だった。朝から晩までほとんどが田んぼ仕事。己は親爺が家で横になっている姿を見たことはなかった。その親爺が、己《うら》の小学五年生の七月六日田んぼで死んだ。あの刻の己の衝撃《しょうげき》、己の悲しみは言語につくせない。今も己の心の火種で燃えているのです。親爺は五十三歳かぞえで死んだ。己は今満で九十歳、親爺の倍程も命長らえて何をした。ただぼけっとしていたのみです。

この詩集『自然生死』は一昨年、旅立たれた先輩の岡﨑純さん、そして今詩誌「角」の代表を務めておられる金田久璋さんの土語社から上梓してもらいました。

金田さんは日本民俗学会の重鎮で、今年の六月十五日川崎市にある、日本地名研究所の所長の重責に就任されたのでした。民俗学は大変なお仕事です。年中日本の隅々まで足を運び研究する大切なお仕事でお忙しい金田さんが、この度己の詩集『自然生死』に尊いお言葉を寄せて下されたのです。しかも己の作品を御丁寧に深く深く読み込んで下され身に余る解説を頂きました。実に有難いことです。頭が下《さ》がります。

解説してくだされたのはこうです。

「いや吾は一本の青草—山田清吉にとって「己」とはだれか」とのタイトルで、「1「俺」から「己」へ」と、あますところなくとことん尊い解説を頂きました。又「2「べと」になった「己」」では、まさしく中世の「死の舞踏」（ダンス・マカブル）のようでいて、いささかも暗くはない。と、断言して下されておられます。又「3「自然生死」に至る真如の詩」では、己の詩を「真如の詩」と讃《たた》えてくだされ身に余る光栄です。しかし今、己《うら》一人で静かにこれ等の作品を見てみると、とても真如の詩の足元にもおよばないことを知りました。

また、山本編集室の山本和博さん方々にも何かとお手数をおかけし、その皆さんの御蔭でこの詩集は上梓されました。有難いことです。己は九十の齢になり、いま正に正夢を視ています。しずかに　目を閉じて

山田清吉

二〇一九年八月

# エッセイ

# 原発ゼロに

昨年四月に福井地裁が高浜原発三、四号機の再稼働を差し止め決定を出したが、暮れの十二月二十四日には、この仮処分決定を関電の申し立て異議を福井地裁林潤裁判長は異議を認め、仮処分決定を取り消してしまった。この二基についてはすでに西川福井県知事も十二月二十二日、再稼働に地元同意手続きを終え、今年の一月には再稼働させる工程を示した。原子力規制委員長の田中俊一の新基準は「世界の最高レベルに近い」を信じてか？　しかしこの基準とは何をもって基準としているのか？　現在の福島第一原発事故の惨状、汚染水との格闘、巨大なタンク一千基に及ぶも事故の真相すら把握できずに五年過《た》った今も、事故は進行中。

にもかかわらず、高浜三号機は今年一月二十九日に再稼働し、二月二十六日から営業運転。その日に四号機も再稼働したが、三日後二月二十九日に発電・送電作業中のトラブルで原子炉が緊急停止した。その後もトラブル続きで福島事故の再来かと己等は恐怖のどん底、おちおち眠れなかった。が、この三月九日、一月二月に再稼働した関西電力高浜原発三、四号機を、大津地裁の山本善彦裁判長は、滋賀県の住民二十九人の訴えを認め、二基の運転を差し止める仮処分決定を出した。真に地獄で仏だ。しかし、西川一誠福井県知事、高浜町の町瀬豊町長は、この運転差し止めに不満を表明した。

山本善彦裁判長の決断は決定的でこの島国、地震列島の若狭湾の海辺《うみべた》に林立した原発は恐怖そのもの、近畿住民の水甕である大切な琵琶湖を死守する為の決断であったと、ただ感涙あるのみ。琵琶湖を抱く比良山地帯、伊吹山地帯の豊かな水源林はこの列島でも一大聖地であることを再確認させてもらった。原発事故は県境も国境も消滅して、ヒロシマ、ナガサキのように世界を地球をかけ廻る惨事で、自然は破壊された。自然が破壊されたチェルノブイリでは三十年前も今も、燃えている原子炉を鎮められない。福島の事故も石棺で隠《かく》すだけ、原発は再稼働させるな。原発ゼロは自然な悲願なり。

『角』40号（二〇一六年六月）

# 死にました

死にました
薄っぺらが
死にましたにつき
もやしてください
蓑虫の袋にも入れず
鴉の嘴にもかけられず
秋の最中
ごめいわくをおかけします

ここは何処か。ふわァ～と霧が、いや、霧ではない、しめり気がない、さっぱりしていて爽やかである。目を凝らすとどこまでも透明で広大、果てのない宇宙の端っこにいるみたいだ。先頃河原で荼毘に付されて、白い煙とともに、そちらから、こちらに来た已《うら》、いつのことか、ただそちらにいたことは確かである。已《うら》という肉体が名称で。已《うら》という肉体の寿命が尽き、そちらで八十余年、已《うら》はいろんな欲望に振り廻された一生が、ある日、ある時死神様の御加護によって、あの煩悩まみれから解脱でき、ここにこれた。いまその歓びをかみしめている。

嬉しい、愉快だ。ありがたいことだ。

しかし、ここは何処、どこでもいいんだ、そちらを離れたことが大事なのだと、

「おーうー、おーうーきたか」

弱いかすれた声は耳に溜まる。さらに耳を澄ますと、ここは岩泉竜泉洞（岩手県）で湖面に落ちた泉の水滴の響き。已《うら》、孤舟を漕ぎてその声に聴き入る。静寂の奥底からのかすかな声にさそわれて、それは妣《はは》の声であった。

妣《はは》は麻を作り糸に紡ぎさっくりを織った。味噌を造り、醤油を造り、まだ雪のある頃から田んぼの畦を掛け、荒田を起こした。働きに働き苦しみに苦しみ、胃癌で倒れ悶えて死んだ、あの妣《はは》の声を聴いた。夢幻の一瞬であったが、こちらにくる途中、竜泉洞でのひとこまは妣《はは》の懐のなかであったかも。そして已《うら》を、ここにつれて来たのは妣《はは》であった。

この聞こえなくなった已《うら》の耳だが、妣《はは》の声だけはいつも賑わしく生きていた。あ〜、そうだ、ちょっと気にしていたことだが、そちらの娑婆に残した已《うら》の肉体のことだが。昔なら、川の魚に与えるか、野山の獣に喰わせるか、小野小町の九相図のように、うじ虫、はさみ虫、鴉などに喰われて白骨に、そして土灰化して自然と土に還っていったものだ。だが、今の世は、煙も出さない市営の火葬場で燃やして、紙コップのような器に小量の骨を納めて、はいさようなら。

シャカムニ・ブッダの前世は飢えた虎に自分の肉体を投げ出して与えたということが金光明最勝王経などに見える。凡夫の已《うら》は、生身の体を与えることはできない、でも死んでからなら海や川の魚に、野山の獣に食わせる

ことはできる。チベットでは鳥葬という厳粛な葬式が今も取り行われている。

　早朝、白い布に覆われた死者の遺体が谷間の大きい平らな岩の上に置かれる。身内の縁者は男のみで、それに五、六人の尼の読経する声にかこまれながら、鳥葬師は遺体の衣服をはぎ取り、全裸にして、包丁を、まず背骨にそって、縦にスパッと切りこみをいれ、さらに尻やももの後ろ側へと解体していく。禿鷲が食べやすいように切り刻む。鳥葬師の前掛けは遺体からの飛んでくる血で紅くそまる。己《うら》は、そちらにいたとき、このような鳥葬を見たさに、チベットへ行ったが、己《うら》みたいな凡夫では鳥葬の儀式には参謁できなかった。でも大きい岩の平らな鳥葬台は拝観できた。そしてこの大きい平らな鳥葬台の威厳に圧倒される。この岩や谷は生きていて己《うら》に、チベット人の気質を、祈りに生きる気性を詩《うた》ってくれている、いやこの鳥葬谷の厳粛なこと、安易にはいれない聖地であると、この身に感じた。

海抜四千メートルから五千メートルのチベット高原では木は育たない岩山ばかり、火葬するほどの草木はない。ここでの鳥葬は必然であり、もっとも自然な行為であった。しかし鳥葬師の仕事は、現実の領域を超えた聖なる職域で、平凡で愚かな己《うら》等はとてもこの儀式には立ち会えないことを知った。ふり返って己《うら》の常ひごろは、平気で肉食をしていたことに、はっと気付いた。牛馬の血のしたたる肉を食べていた。死んだ者の肉ではない、生きていた者のを。己《うら》の日常の食生活は贅沢そのもの、禿鷲の鳥葬どころではなかった。生きている元気な牛馬豚鶏を殺してその血のしたたる肉を常食としていた。その翳《かげ》にはこれらの生きものを殺して己《うら》等が食べやすいように切り刻む、鳥葬師のような聖職師のいることをすっかり忘れていて、マーケットの棚に並ぶ肉を、どれが新鮮でうまいかを物色する鵜の目鷹の目でごった返していた日常だった。

　ここチベットの鳥葬は、青空の下で何の隠しだてもなく、禿鷲が食べやすいように鳥葬岩の上で死者の屍を切りきざみ、骨をくだいて供養する、これは儀式である。岩座の鳥葬台で行われる厳粛な儀式だった。人間の死後も、牛馬の死後も、草木の死後も、森羅万象、死後は自らの肉体を供物として万物に捧げることは、大昔から仏教起源の以前からの自然な輪廻の慣習であっただろう。

ネパールはカトマンドゥのパシュパティナート、ヒンドゥー教の聖地。バクマティ川に面しての火葬ガートでは一日に何人もの茶毘が行われている。己《うら》も火葬するその煙に浴しながら、大勢の観光客にまじって何人もの茶毘に接した。パシュパティナートの前を流れる川幅十メートル程のバクマティの対岸はシバ神のリンガ《男根》を奉る祠が十何塔も居並ぶ、その前に座って、何回も何日もこの茶毘の光景を見せてもらった。ここではインドのバナーラスと違って写真撮影もオーケーで自由に撮れて、開放的である。
死者は青竹の担架に乗って勢いよく火葬ガートに入ってくる、続いて親戚のひとびとも入ってくる。死者は寺院に参拝。オレンジ色の花を数珠にしたレイを何本も掛けられて、バクマティ川で最後の沐浴を済ませる。死者は肉親の女、子供達と慟哭の別れを済ませて、茶毘台の薪の上に置かれる、死者は火葬師に着物をぬがされ裸になり藁を着せられ藁の隙間から老婆の顔が覗く。頭髪を剃った頭頂には十本程の髪が残された、白い服の喪主は泣きながら火の付いた喪木を捧げ死者の廻りを三回廻って茶毘の火を死者にうつす。ここでもチベットの鳥葬と同じで、青空の下で何の隠しだてもない。人間の死の門出を、他人も外国人も誰でも祭りの縁日に参詣したような雰囲気が漂う。死者は火葬師に助けられながら、およそ三時間程で全く無に帰す。死者は何一つ残さない。人間界の輪廻を断ち、煩悩を断じて、解脱の世に到達する意味がこめられている。火葬台ははき清められ、台の上にはひとつまみのわずかな死者からの供養物が置かれ、猿や犬がその供養にあずかる。こうした茶毘の光景を拝みながら次第に己《うら》自身の茶毘を見せてもらっているように感じ、親しみをおぼえた。この時の感情は、チベットへと憧れ、再びチベットへ。

チベットの首都ラサを、テント、食材を積んだキャラバン隊で出発、道はあってないような高原をヤルツァンポ河にそうて進む。水場のある所でテント泊、何本もの川は浅瀬を探してジャブジャブ渡る。ラサを発って七日目に漸く聖なるカイラス山にまみえた。チベットのひとはカンリンポチェ（雪の尊者）と呼ぶ、海抜六六五六メートルの霊峰、雲ひとつない澄んだ青空の天中に真っ白で大きい蕾の蓮華、いままさに開花する如くの姿、荘厳だ。自然に合掌の手を額につけて、足は膝を折り大地に平伏せていた。涙がぼろぼろとこぼれ、こぼれて止まらない。高原のか細いせせらぎの流れる青草のなかから、額を上げると、目の前に大きい白蓮華。頬を涙がつたわりおりる、歓涙、歓涙、歓涙である。

カイラス山の麓、巡礼基地タルチェン四五六〇メートルには白い天幕が何十何百と居並ぶ。チベットの奥地のあちらこちらから生涯をかけて遥々《はるばる》詣でてこられた敬虔な人々の念願の天幕である。この霊峰はヒンドゥー教徒はシヴァ神のリンガ《男根》とあがめ、仏教徒はシャキャムニ・ブッダの顕現を見る。そして、このカイラスの麓一周五十二キロを時計廻りで巡礼するのだった。この五十二キロはチーコル（外のコルラ）と言ってここを十三回巡礼した人のみが、さらにカイラスの南麓を巡るナンコル（内コラル）を巡礼できるという。チベットの人々は、つつましいテント生活をしながら、内コラルを目標としているのかも。また、ボン教徒は開祖、トンパーシェンラブが天から降臨した聖地とみなし、この五十二キロの巡礼道を反時計廻りで巡礼する。


この霊峰カイラスに初めて訪れたとき、宗教の違い、国の違い、人種の違いを超えて、このカイラス山を森羅万象、宇宙の中心として位置づけ須弥山《しゅみせん》ともあがめてただ無心に祈りのみを捧げている人々の姿勢に圧倒された。この愚かな己《うら》でもこの聖地に謁見できたことは大きな歓びだった。ここにはなにもない、あるのはただただ純粋で敬虔な感謝の祈りだけがあった。

翌日は、五十二キロの外コルラへ二泊三日の行程を出発、食料、テントはヤクに運んでもらう、己《うら》は小さいリュックサック一つで身軽だ。ルンルンだ。巡礼道の〝結界〟か、チョルテン・カンニの祠をくぐると、広場に高い柱が四方からロープで支えられ、それには無数の祈禱《タルチ》旗《ヨ》が結び付けられ揺れている。この柱はタルボチェと呼ばれ天と地を結ぶ〝命の木〟または〝天界の水〟が地上に降りる柱だという。道を進むと、ドテラを着た五体投地の祈りをしながら、尺取虫のように地を這う巡礼者に会った。いったい何日かけてこの五十二キロを一周するのか、気の遠くなる話である、彼は時限を超えて、ひと身ひと身の厳粛な密度を満喫しておられるのか、彼の晴ればれとした姿は仏にみえた。己《うら》は彼の横を過ぎるとき、合掌して「ナマステ」と会釈すると、彼も笑顔で「ナマステ」と答えてくれた。またはこの五体投地で何周も廻る人もおるらしい。己等《うらら》は二泊三日で一周するが、チベットの人は一日で一周する。または、この巡礼を出来ない体の不自由な人の代理で巡礼したり、又は百八回も廻って願望であった解脱を得る剛健な人もおられるという。

あれやこれやといままでに聞いたことを歩きながら想像しているうちに、カイラスの北面に来ていた。夕日に映えた北面の膝に抱かれ、仰ぎ見るカイラス、大きな白蓮、己《うら》がこんな仏に謁見でき、目もいらない、耳もいらない、口もいらない、己《うら》もいらない、ただ歓喜の渦のなかへと沈む。

大きい白蓮華の膝元の斜面へと進むと、大小の石積みの仏塔《チョルテン》がいくつもある。巡礼者が積んだもの。そこに無数の祈禱旗《タルチョ》は十重二十重に風に靡いている。己《うら》の肉体は息苦しい、でも心は別世界に遊ぶ。まるで天国、天国とはこんな所かも、歓喜を浴びて楽しい。この天界でゆっくり、ゆっくり二人用のテントを張った。あしたは心臓破りのドルマラ《峠》だ。早く寝た。明くる日も己《うら》に朝が来た。

「オン＝マニ＝ペメ＝フン」（白蓮の宝珠に幸あれ）一夜

漬けで覚えた呪文を口の中でとなえ、一歩、一歩坂道を登る。止まっては頭を上げて岩の斜面を見わたすと、すこし向こうに赤い衣服が散乱している、巡礼者が奉納したものか、身内の者の衣服を供えたものか、色とりどりのカラフルな服はおりかさなり一面に、無数にあった。そしてそこには一つの平らな大きい岩がある。二、三歩近づいて見た。鳥葬台だ。巡礼者の誰かがここで果てて、屍を禿鷲に供養した痕跡を拝見した。この斜面全体が聖地のなかでの聖地であることに気付いた。坂道にもどり一歩登り、一歩休み、弾む息をととのえては次の一歩の石をえらんでは登る。ようやくドルマラ《峠》五六六八メートルの広場に立てた。広くはない広場はいくつもの仏塔《チョルテン》石積みがある。どれもこれも祈禱旗《タルチョ》を束にしたものが、仏塔から仏塔へと繋がれてばたばたはためいていた。呪文を唱える声、マニ車の音、歓喜の涙声、風の声と、人と音との大合唱。五体投地で回るひと、踊り、祈る、広場は賑わしい。

ここからはカイラスは見えない。カイラスを囲む守護山、鉄囲山《てっちせん》の連峰がそそり立っている。カイラスは穏やかな聖山であるが、それにひきかえ、このドルマラ《峠》の東面霊峰はカイラスの守護山の名称どおりの憤怒の形相だ。鉄で造った剣、槍そのものの連峰、この鉄囲山《てっちせん》でひときわ目立つ大岩、巨大な鉞《まさかり》を振りあげていまにも己《うら》を一撃する憤怒相の婆皿羅《ばざら》大将。これらが、カイラスは〝天界の水〟が地上に降りる源泉を司る霊峰で、南アジアの大地を潤す、ガンガー、インダス川、ヤルツァンポ川、すべての川の源泉を守護する連峰であることを知った。

不浄なる己《うら》は、ここから逃げるように雪渓を踏み踏み峠を降りた。富士登山の経験もない己《うら》が、世界の中心の霊峰、カイラス山を巡礼したことは無茶苦茶かも知れない、だが、この聖地はその無茶な行為を受け入れてくれた。仏教界での世界の中心にそびえる須弥山《しゅみせん》、それがこの霊峰カイラス山であったことを後で知った。

六十五歳、自称百姓の定年退職者。自由な身になり生死の旅は続く、いまはインド、バナーラス四千年の歴史を持つ古都にいる。ヒンドゥー教の聖地の中の聖地。ヒマラヤの水を集めたガンガーはインド大地の平原を悠々と流れ、ここで大きく三日月型に弧を描く、この古都に人々は集まる。聖なるガンガーに全身を浸し、沐浴する人人人で何キロものガートは埋まり、ガンガーの対岸を昇る朝日に合掌、聖なる水に身心をひたしては朝日を拝む。何百年も何千年も一日も欠かしたことのない営み、世界の中にこんな聖地がどこにあろう、己《うら》も沐浴をした。なにもかも、死も生もガンガーに流す、そして一瞬解脱の味を味わうことが得られた。?否か。
朝日がずい分昇ったころ、ジャイナ教徒の裸行派の一行二十人ばかり、一人の少年をまじえてこのガートに現れた。一糸まとわぬ、無所有の行者達、徹底した禁欲主義、不殺生、不妄語、不盗、不淫、無所有、この五つの大誓戒を守っている行者、恐ろしく威厳がある、でも近寄り難い威厳ではない。彼等は人間である、普通の人間である、ただ日常が、戒律と苦行で十全に解脱した人間になっている。それが威厳といえば威厳とも響く。彼等もガンガーで沐浴をするのかと思ったが、沐浴はいけないこと､聖なる水を傷つけるからという。愚が中の極愚、愚者《おろかもの》の骨頂の己《うら》、彼等の行動を観て深く考え身動きもできなくなった。あのマハトマ・ガンディーも、このジャイナ教徒だったという。生身の人間が無所有の厳しい戒律をどうして成就出来たのか、己《うら》には想像すら浮かばない。シャカムニ・ブッダと同じ時代に生まれたジャイナ教、インドという風土、ブッダも生まれるべくして生まれたインド、恐ろしく深い。

インドはベンガル湾の中程にある、ヒンドゥー教の巡礼地、プリー。インドの東の聖地だ。ジャンガナート寺院のある町に入った。広大な白い砂浜のひろがる海岸線、静かで美しい町、あのヒマラヤ山脈から流れ出た、ガンガーやブラフマプトラ川のぜんぶを呑みこんでいるベンガル湾は、海岸線がどこまでも遠浅である。そしてこのプリーの海岸線は東西に一直線に伸びた海辺、早朝砂浜を東に向かって歩むと、昇る太陽を拝して沐浴している人々を見る。夕方砂浜を西に向かって歩むと、夕日は遠浅の果てのない海を黄金色に染めぞめゆっくり、ゆっくり海に沈む。サリーで着飾った女達は歓喜の呪文をつぶやきながら、頭から全身を沈めては、お祈りの沐浴、薄いサリーは、肌身に巻き付き美しい曲線を見せる。老婆、娘、少女、その数知れず、遠くの人は蟻つぶのようで、点、点、点、プリーの浜辺はうまる。己《うら》も沐浴のまねごとしていると、愚かな己《うら》の身も心もこの厳粛な東の聖地で洗われているのを感じた。己《うら》の周囲はただただ、夕日に向かって無心に、口の中で呪文をとなえ合掌しては、全身を海に沈め祈りを捧げている勁健な人々にかこまれていた。己《うら》に、能楽の弱法師、日想観が顕れた。沐浴をくり返していると、この日想観は、顕れては消え、消えては顕れ、あー、ここもアミダバ（阿弥陀如来）の足元かも、人々は木の葉の器にのせたバター蠟に火を灯し、橙色の花一輪を乗せて波に浮かべ供養している。

海辺は、日が沈み、静かだ。くりかえす波動も閑かで音もなく、きらっきらっと黄金の帯をただよわせていた。

## 無

ここはどこ　誰も知らない
白い世界　どこまでも白い世界
色の白ではなくて　空白の白
透明で涯のない世界
　ふりむけば
ここはどこ　誰も知らない
ここは黒い世界　どこまでも黒い世界
色の黒ではなくて　闇黒の黒
透明で涯のない世界

見渡すかぎり何もない。真っ白のようで真っ黒な世界、静かです。静寂です。
見渡すかぎり何もない。真っ黒のようで真っ白な世界、静かです。静寂です。音はない、ゆるい風が吾をなぶる、無風の風はゆるい光を灯してゆれている。寒くはない、暑くもない、ちょうどいい湯加減の湯舟の中かも、否、ふりかえると、プリーの海辺では死者の荼毘の煙が昇る。おう、これこそ己《うら》の煙なり、そして間もなしに三途の川を渡る。流れる水は微細です。己《うら》の足首をなぶる超微細の水滴、水のようで水にあらず。しめっていない、爽やかである。そして土蛍のような薄弱い光を放して何千何百もの光が、この微細に変幻した己《うら》の心滴を御輿に乗せてかつぎ出した。ワッショイワッショイ賑やかに、己《うら》の解脱の門出を祝ってくれているのだと想った一瞬、すべては消えた。ただ白い宇宙、黒い宇宙の真ん中、ここは、天上か地下か。

あの恐ろしい形相の死の王ヤーマ（閻魔）がいない。奪衣婆もいない、懸衣翁もいない、鬼婆もいない。なにも無い、でも目をこらすと、己《うら》という心滴はいる。荼毘に付されてなにもないはずなのに、これは幻影かも、いや己《うら》は荼毘によって十全な無所有でさっぱりして爽やかである。あの煩悩まみれが、修行せんで、肉体の寿命と特別な奇跡によってニルヴァーナ（涅槃）、インドの慈悲にだかれてここに還った。ここは何処、キョロキョロ見廻すと、なだらかな丘の上、いや、若草山の頂かも、いや違う、さっき渡った川の浅瀬はチベットのチャンタン高原で野宿したときのせせらぎとそっくり。でもせせらぎの音はない、静かで時は静止。母の乳房のように盛り上がった丘がいくつもかさなってある。丘のところどころに草花が咲いている。あー、乳房の土手に秋の彼岸花曼珠沙華のむれ、多くはないがあちらこちらに、赤くない白い曼珠沙華のはなざかり、足元に春の彼岸花、猩々袴が、カタクリの花も、花はみんな白い。白というより無色の白で清楚だ。スミレも咲いている。もじずりの花、花を付けた茎は、美しくねじれて花を天上で踊らす。どれもこれも葉っぱは少ない、根元を慎ましくつつんでいるのみだ。

花に引かれて移動する。歩くというより、バッタのように跳ねるつもりで動こうとすると、自然と宇宙遊泳のように、どこへでも移動できた。丘は続いている。丘には木はない、草花もみんな小さく可憐だ。色々な花が咲いている、ほとんど名も知らない花ばかり、美しい、どれも、花は花自身美しいだろうと、思っていないから美しい、素朴で慎ましく咲いている花。花は解脱の変化の姿かも、そうだ。そうに違いない。

ゆるやかで大きい丘の谷間は瓢簞《ひょうたん》のような形の池に水蓮、河骨、菖蒲《あやめ》、梅花藻の花が咲いている。その向こうに蓮池が見えた。蓮華が咲いている。カイラス山のカンリンポチェ（雪の尊者）のような大きくふっくらした蕾がいくつも、あちこちに、真っ白な花、咲いた花は漂いゆらいでいるように見えた。真っ白といっても薄い白で、色はあるかないかのような青い蓮華だ。まだ堅い蕾、ふくらんだ蕾、咲きかけた華、青蓮華は風もないのにゆれてひとひらの花弁はゆっくりと放れると、天女のように舞い舞いどこへともなく消えて、その跡に、ブラフマンという蓮華が、ヒマラヤで最も聖なる花。ブラフマンとは〈神〉もしくは〈宇宙〉の意味という花が、たった一本健気に咲いている。

あーそうだ、ここにくるとき、己《うら》の前後を舞い舞い水先案内をしてくれた蝶々《ちょうちょ》はどこに、生きものという生きものは一切いない。有るのは花だけ、蓮池の蓮華にも蜂巣の実は無い。太陽も月も星も無い。あるのは花だけ、そしてどこまでも透明で爽快。あらゆる欲望から解放された己《うら》、ここは浄土。己《うら》ひとりの浄土かも。こんなに居心地のいい浄土にこれたことはありがたい。

こちらの一日はそちらの一年に当たるという、こちらに来て七日目、一日といっても朝昼夜とはっきりした刻はなくて、夜は少し昏《くら》くなったかという感じ、この一日は終わりも始まりもなくて、なんとなく一日は過ぎてゆく、なんとなく朝ははじまる。こちらの初七日の時の流れは、そちらの七年、そちらではもう、己《うら》のいた痕跡も消え果てて、己《うら》はただ一本の藁すべのように、枯れて、朽ちて、土に還っていったことだろう。いや己《うら》は一本の青草でもあった。青草は牛に食われて、牛は乳を出して、万物は育まれ、巨体は人間どもにも供養して、牛馬も土に還ってゆく。ここにはなんらの作為はない、自然の成り行き、そしてその安堵の世界は無限に宏がり、母なる静かなマナサロワール湖の深淵に鎮むころ、心滴もどこへともなく消えてなくなる。

* 一八三頁の鳥葬解体シーンは、『ネーコル　チベット巡礼』伊藤健司氏の著書を参考にさせてもらいました

## 空

ここはどこ
父母がいない
己《うら》もいない
草木山川
相互に浸透しあい
心と物体の響き消えて
生はない死もない
ここにいたもの
もうここにはいない
ただそれだけのこと

# ネパールで矚《み》たホトケ

## 旅すがら

ここは
なにもかもが生まれたてです
かぎりなく汚いものは
かぎりなく美しく
かぎりなく醜いものは
かぎりなく麗いで
かぎりなく貧しいものは
かぎりなく豊かです
土も木も石も山も
牛も豚も人も糞も
何千年も昔から
生まれたてのままです

ここに
来てはいけません
素足の人だけが入れる
聖地、ネパールの土肌

（一九九二年十二月二十八日から九三年一月十八日までネパールを旅して）
「福井新聞」平成五年（一九九三年）二月二十日付

# 解説

# べとへの献辞

松永伍一

まだ山田清吉とわたしは一度も会っていない。それなのに、どこかで、それも北陸の雪溶けの田の畔で、おたがいゴム長靴をはきながら百姓の話をしたことがあるような錯覚をいだくことになる。寡黙でもないが、決して能弁でもないはずの山田清吉と、北風の冷たさを肌にうけて語ると、いったいどんな内容になるかを想像してみるだけで、つい会ってしまったような安堵感をもつのはなぜだろうか。そういえば、岡崎純とも会っていない。当然会っていいはずの関係をもっており、周囲の誰彼からも「そんなことはあるまい」と疑われそうだが、どうしてか会わずに過ぎてしまった。これもまた不思議だ。二人とは、二十代の終りごろ知り合っていながら、二十年近い歳月を、顔を見せることもなく、胸板におもいだけを焼きつけて、四十の半ばを歩いているといった具合である。

山田清吉から突然電話があった。なつかしかった。右のような背景に照らして、そうであった。会ってはいなくても、「知っている」ことの気易さが、受話器を通っていくおたがいの声をはずませたのであろう。「知っている」と言ったのは、「作品の傾向や中味を知っている」ということであって、家族が何人であるとか、耕作面積がどのくらいだとかいったこととは別の、作品それ自体とのかかわりにおいてで、それ以外ではない。いい齢をしてそんなことでわかり合うというのは、息子や娘の世代からみると、少々滑稽で頼りなく映ることがらだろうが、戦中末期を少年としてくぐり抜けた者は、そのあたりの愚直さをよりどころにしないと生きていけぬらしい。山田清吉が、二十年ほど前から「知っている」私に対して、「詩集に一筆書き添えてくれ」と頼んだ心境は、

「書かないと申しわけが立たない」というこちらの心理と照応している。

はじめて山田清吉の詩を見たのは、雑誌『農民文学』誌上においてであった。この雑誌の全体の詩は、詩界の一般的水準から推してみて「その線を超えている」とは言いにくいものだったが、山田清吉の詩はそれらの詩群のなかにあっても、上等の部に属していたとおもう。私の目を通したかれらの詩には「兄弟」「父」「日本の百姓」「煙の歴史」「春が通る午後の道」「臨終の言葉」などがあり、これらの作品傾向に若干の不満もありながら、『民族詩人』を谷川雁、黒田喜夫、井上俊夫、田村正也と私らの編集委員で出すようになったとき、山田清吉も誘った。岡崎純も加わってくれた。

岡崎純の進展ほどに、山田清吉は成熟しなかったが、遅鈍な歩みながら山田清吉は山田清吉で、詩界との交流もなく黙々と自分を守りつつ書きためていく生き方をとった。「豊作争奪戦」「電波の跡」を私たちの雑誌に発表しただけで、グループも解体したので、その後の仕事の質量を見る機会に恵まれなかった。そして、詩集を出すという電話である。

『べと』と題したのも山田清吉らしくて、さすがだともい、かれの持っている風刺性が詩の底で光ってくるだろうと、通話を終えたあと私は、できあがる詩集のイメージをつくりながら原稿を待った。飾らぬ、質朴な、それでいて百姓の感覚を土台にしたゲラが届いた。うまくはないが本ものの百姓の肉声がきこえる。それがいい。自制をきかせすぎて趣味的になるよりも、百姓として言いたいことを百姓らしい音量で過不足なく喋っているのがいい。

背のびをしていない山田清吉の、等身大の思想が青竹のすがしさで、行間にはじけているのを見て、私は百姓を廃業して、「文筆の徒」になった自分の不健康さをおもった。肉体の不健康を言っているのではない。感性の都会化に抗しきれぬ元百姓の虚無感が、「べと」という実体的な塊を突きつけられて壊れそうになる。そこで泥の温みへのひそかなノスタルジアしか持てなくなった自分のいまを「べと」の連作と接触させてみるが、山田清吉の「べと」は、ねっとりと、まるで百姓の臓物そのもののように、私をおびやかすのだった。

私は、「知っている」というこちらの判断を恥じながら、山田清吉の本質とここではじめて「出会い」の時をもったのである。そして、かれが、それ以上でもなくそれ以下でもない山田清吉自体を詩集の形につめ込んでいるのを、うれしくおもう。

（一九七六年十月二十五日記）

詩集『べと』（一九七六年）序文

# 詩集『べと』のこと

広部英一

山田清吉さんは福井市郊外で、田畑一・八ヘクタールを耕作する農民詩人である。山田清吉さんはこれまで『道化』『農民文学』『民族詩人』などの諸誌に詩を発表してきたが、こんど、最近書きためた未発表の詩を中心にまとめて一冊にした。それが、この山田清吉詩集『べと』である。

「べと」は福井の方言で「土」のことをいう。福井に住んでいる私たちにとって、この「べと」はとくに愛着のある方言のひとつである。いまもこの「べと」は、私たちの生活に生きている。方言は、その地域の風土のなかで生活してきた人間が、何百年もの長い時間をかけてはぐくんできたものであるから、方言には風土性はもとより、その地域の人間の魂そのものが宿っている。私たちが方言になつかしさを感じるのは、先祖の魂に対してのなつかしさにほかならず、方言への愛着は、古里での生活に対する愛情だともいっていいほどだ。だから私たちは「土」ではなく「べと」を大切にしながら生きてきた。

だが今日、都市においては無論のこと、近郊農村の都市化も極度にすすんで、この「べと」は急激に衰弱し、次第に失われつつある。ある場所では、すでに「べと」は完全に消滅してしまった。長い間、かけがえのないものとして大切にしてきたものを失うのだ。

「土」ではなく「べと」に寄せる、このつらい思いは、農民のこころによりあらわにあらわれる。この詩集『べと』の詩人、山田清吉さんは、今日の不幸な現実に直面し、農民のこころも赤裸々に詩を書いている。とても強い詩だと思う。いうまでもなく山田清吉さんの「べと」は、「たんぼのべと」で、つまり「たんぼ」のことである。農民は幾代もの長い時間、それこそ手塩にかけて「たんぼのべと」をいつくしんできた。山田清吉さんは田の草取りのことを話していたが、あれはとてもきつい仕事だそうだ。稲田に繁茂する雑草を一本一本丁寧に抜き取る作業であるが、炎天下を腰をかがめたまま、たんぼの稲の列という列の間を、這いずるように回らねばならない。しかも、「べと」に深く手をつっこんで、雑草の根のかたまりまでをとりのぞいてやらねばならないと、山田清吉さんは母親から何度もいいきかされたという。まさしくこれが手塩にかけるということであろう。

この詩集『べと』に「減反」という詩がある。「べと」「べとくい虫」などと肩を並べる、集中の代表作品である。「減反」には手塩にかけてきた「たんぼ」を放置し、荒れるにまかせたことへの反省がにじみでている。減反のことも、山田清吉さんはいろいろと教えてくれたが、減反問題で最も気がかりなのは、荒れてしまった「たんぼ」を復元することのむずかしさもそうだが、それよりも農民が復元する意欲を喪失してしまうおそれが多分にあることだといっていた。山田清吉さんは農民のひとりとして、自分自身の胸のうちを実感をこめて語ってくれたのだろう。さらにいまでは農業技術が変化し、機械導入による省力化がさかんだという。もはや「たんぼ」に手塩をかけるということは、農業の重労働をしらない者たちの感傷にすぎないのであろうか。

山田清吉さんの詩は、変貌をとげつつある農村生活のはざまで、「べと」に「たんぼ」に寄せる農民の矛盾に苦悩する心情を、行間ににじませながらうたっている。そしてこれらの詩は、いずれも豊かなリアリティーを表出している。私は、日本の農業問題について無知にひとしいのだが、詩集『べと』から、たくさんのことを学んだ。私は、この山田清吉詩集『べと』を、現代の農村生活の現実を生きている、農民だけが表現することができた、証言の詩集として読んだ。

「土」の詩ではなく、古里での生活の原点に、農民の魂の象徴といっていい「べと」を据えて、「べと」の詩を書いた、山田清吉さんの詩集『べと』に、熱く、ちからづよく脈打つものを、私の体にも流れている農民の血につながるものとして大切にしたい。

昭和五十一年十月二十一日
詩集『べと』（一九七六年）解説

# 田んぼに生きる百姓の子のうた

## ――山田清吉詩集『田んぼ』を読んで

広部英一

福井県在住の山田清吉さんは僕の詩友です。山田さんの詩歴は長く、五十年余にわたります。この間、山田さんは日本農民文学会に所属し、さらに地元の詩誌『木立ち』同人として活躍してきました。山田さんの詩のほとんどは田んぼの詩です。既刊の詩集に『べと』『土時計』『藁小屋』の三冊がありますが、どれも田んぼの詩集です。

山田さんが田んぼの詩を通じて、越前の農民の生活の真実を文学作品として書き残してくれたことの意義は大きく、福井の文学にとってだけでなく、福井の歴史にとっても記念すべきだと思います
僕の父親母親も農家出身であり、父の村も母の村も山田さんの村の近くです。そんな地縁があるので山田さんの田んぼの詩を読むととても懐かしく、僕の胸は熱くなります。僕はまた、田んぼの詩を読ませてもらっているだけでなく、山田さんが少年として経験し、見聞した敗戦前後の村々の様子や農民の生活などを詳しく聞かせてもらっています。山田さんの詩を読んだり、話を聞いたりして、機械導入以前の米作りがいかに過酷な労働や忍耐を農民に強いたかを知って驚きます。

が、そんなふうに僕が山田さんの詩を読み、山田さんの話に共感することができるのは、山田さんと僕が同世代であり、僕も少年時代、母の里に戦災で疎開したとき田植えから脱穀までを手伝った経験があるからです。これからは若い世代の読者が山田さんの詩を読むときには多くの注釈や説明が必要になるのかも知れません。

手塩に掛けて稲を育て、米を作る、いわば子育てに似た苦労があったから、田んぼを大事に思う心が深まって

いったのではないでしょうか。しかし、農業機械や水稲除草剤を使い省力化を積極的にすすめなければ米作りは成り立たない日本農業の現実があります。そんな現実を生きねばならぬ現代の農民のジレンマこそが、山田さんの田んぼの詩の原点だと考えています。

この山田さんの新詩集『田んぼ』も田んぼの詩です。が、新詩集にはこれまで山田さんが見せなかった詩の世界があります。それはこの詩集で山田さんが母親の姿を一途なまでに追求し、表現しているところです。それは母親の人生に自分の人生をもろにぶっつけることで、ジレンマに振り回される自分がいかにも情けなく、農民として半端であることを告白しているかのようです。そんなふうに自己告白を基調にした詩は、山田さんの田んぼの詩にはこれまでありませんでした。

山田さんは田んぼの詩を書くとき、農民という言葉は使わず、つねに百姓という言葉を使っています。それはなぜか。ひとことでいえば、それこそが山田さんの率直な自己批判であり、父親母親の人生の歴史的認識だと思っています。


己《うら》の生まれたのは／晩稲秋の最中やった／おっ母んは己が入っている身重で／前の日まで稲刈りをしていた

——「おっ母《かァ》ん」部分

畦道まで腰ものばさずに／雨の日も田の草を取る母／汗とべとで創り続ける野良の貌／痩せた顔がうだばれて丸くなった

——「貌」部分

胃癌に苦しみもだえて逝った／いつも親爺が己に投げた火箸を／あの　きゃしゃな体で受け止めた／おっ母んは死ぐ時己の手を／なぜかおっ母んの胸に引き入れた／あの力とぬくもりが己の道になった

——「吉日」部分

山田さんは新詩集『田んぼ』にいたり、肥沃な田んぼを母親の生涯の象徴へとついに高め得たのではないかと思います。その意味では新詩集『田んぼ』は息子が書いた母親への鎮魂の賦であり、田んぼに寄せた越前農民の魂の詩ともいい得るのではないでしょうか。

おばば危なえで畑へ行くなという／でも己は誰も
えんまに草取りにいく／目は見えんかってありが
ていことに／耳がしっかりしているでのう／自動
車には轢かれんて／ほんなことになったらおおご
とやでのう

――「はんたいこら」部分

昼の帰りがあんまり遅いがと／おばばが田んぼへ
見にいった／トラクターは土手にぶつかり止まっ
ていた／田んぼにおっつあはえんがのう／なんや
ら　胸さわぎ／起こしさしの田んぼをたどったら
／ぼろ布がべとの中に埋まっている／あぁ　おっ
つあん！／おばばは死に力でべとをほじくる

――「春さきに」部分

ユーモアやペーソスも山田さんの詩の特色です。山田さんの田んぼの詩には父親母親だけでなく、村々のおばばやおんさんも登場します。父親母親の人生につながる人たちであり、これらの人たちが村々の田んぼを死守してきたのです。地域の言葉をふんだんに活用することで風土性や生活の実質感を効果的に表現しています。山田さんが田んぼの詩で表現する村々のおばばやおんさんのイメージは、みんな山田さんの血につながる父親母親のダブルイメージだと見ていいのだと思います。

田んぼは己《うら》のかかぁみたいなもんです／深くて大
きくべとを起こさんでも／すこしそうに田植え
をしても／田の草取らんとなまけていても／田ん
ぼはいつも笑っている

――「田んぼ」部分

ぜいたくせんかったら食うには困らん／どんなことがあろうと／天地がひっくり返ろうと／田んぼは田んぼのままにしておけばいい／減反　ほんな事己等《うらら》の知ったことか／ただ己等の家族が食べるもんを／田んぼからもらうだけじゃがいの

――「たこ」部分

「田んぼは己《うら》のかかぁみたいなもんです」の一行のイメージは圧巻です。山田さんは田んぼのことを自分のかかぁ（妻）のようなものだと比喩するのです。逆説的に妻への愛情を表現したイメージとしても読み取れます。さらに「田んぼは田んぼのままにしておけばいい」とうそぶきます。ここには諧謔と自虐の切なさがあり、百姓の子を自覚して働いてきた詩人、山田さんの人生の文学的な総括があります。そんな山田さんの総括に対しては肯定する立場も否定する立場もあることでしょう。山田さんにはまだまだたくさん教えてもらわなければならないことがあります。

が、今の僕は一九二九年生まれの山田さんが生涯にわたって田んぼの詩を誠実に書き続けてきたこと、山田さんがこの新詩集において自分をかばいつづけてくれた母親、長年連れ添い苦楽を共にして生きてきた人生の伴侶を自分の詩の言葉で真情を込めて表現していることに感動します。

山田さんの新詩集『田んぼ』を手にしながら文学的収穫の豊かさを実感しています。

二〇〇一年十月

詩集『田んぼ』（二〇〇一年）解説

# 生もない　死もない
## ―ニルヴァーナ幻視行

金田久璋

「きみは死んだら、土葬派かね」何かの座談会の席で、同県出身の中野重治から「若狭越前の土葬話に入りこんだ時の唐突な質問」を水上勉は受けた。「村へ帰れば、土葬しかありませんからね」とやんわりと受けながす。

「中野さんは渋い顔をされた。たしか、自分は火葬の方だといわれた気もする。中野さんの土葬をきらわれる理由はわかる気がした。私にも土葬は情緒的すぎた」と続く名著『落葉帰根』の水上節の一節。この点について、岡崎純氏とも土葬派で意見の一致をみたことがある。

「火葬は骨灰しか残らんけど、土葬場へ行けば肉親が埋まっているとの感じは確かにあるはな」と岡崎氏の弁。まさしく情緒的ということが埋葬地の「けしき」なのだろう。三者ともいずれも宗旨は禅宗である。「葉は落ちて根に帰す」との六祖慧能の深遠な禅語を水上は引いている。

さて、むろん著者の山田清吉さんは純真な御門徒だから、言うまでもなく「火葬派」であることは、本書を一読すれば一目瞭然、むしろ氏の本懐は鳥葬を理想化しているようにも見える。「人間の死後も、牛馬の死後も、草木の死後も、森羅万象、死後は自らの肉体を供物として万物に捧げることは、大昔から仏教起源の以前からの自然な輪廻の慣習であったろう」と深い共感を隠そうとはしない。

「生死ノート」と副題のある本書は、「六十五歳、自称百姓の定年退職者。自由な身になり生死の旅は続く」と書く、インド、ネパール、チベットへの気ままな巡礼・紀行の覚書であり、ベト（土、泥のこと。越前、奥美濃辺りで使われる方言）を素手で鷲摑みにしたような素朴で生気あふれる文体で綴られた長文の散文詩でもある。海抜五千メートル級の霊峰カイラスの北面で、充分な予行訓練や登山体験もないままに、高山病で顔面蒼白となり瀕死の体験をする。詳しくは書かれてはいないが、「吾の肉体は息苦しい。でも心は別世界に遊ぶ。まるで天国、天国とはこんなところかも、歓喜を浴びて楽しい」と、まさしく臨死体験の一歩手前まで到達する。「解脱の変化の姿」としての「花」の群落を見よ。わび・さびの美意識をはるかに超脱しているのではないか。「ここは／なにもかもが生まれたてです／かぎりなく汚いものは／かぎりなく美しく（略）」（『福井新聞』平成五年二月二十日付、「ネパールで矚《み》たホトケ」）とすでに歌い、爾来二十年氏は詩的イマジネーションに駈られて生死を超えた世界を垣間見る。「色の白ではなくて　空白の白／透明で涯のない世界」は「心と物体は溶けて／生もない／死もない」もはやニルヴァーナ（涅槃）と言うしかない透徹した境地にすでに達していることを思い知らされるのである。

エッセイ集『生死ノート　死にました』（二〇一五年）解説

# いや吾は一本の青草
## ――山田清吉にとって「己《うら》」とはだれか

金田久璋

## 1 「俺」から「己」へ

「僕」と言い「私」「俺」「自分」とも言う、自己を指すことばのなかで、山田清吉は若くからなぜか「己《うら》」と言う呼称にとことんこだわってきた。全国にはたして何人「詩人」を名のるひとがいるかは、その実数を知らないが、たとえば三千人としても、おそらく詩のなかでさえ「己」を使っているのは山田清吉のほかにはいるまい。

むろん、日常生活のなかで「己」という言い方は、大雑把にいえば福井県のなかでも嶺北地方、越前に偏った自称である。しかも、今では在郷の高齢者によって地区内や気心のわかった者同士で往々にして使われる。「うら」ということばからは、ニコチンや二日酔いの酒の匂い、口臭すらまじった汗臭い体臭が匂ってくる。在郷の寄合の匂いである。越前に隣接する若狭東部の国境に住まいするわたしにとって、今から五十年ばかり前には自分のことを「うら」と言う者は少なからず老人にはいたが、今ではふだん聞くことはない。敦賀周辺では「わし」とか「わしら」とも言った。

おそらく単純に考えれば、「うら」は「俺」―「おら」の、「わし」は「私」の約音、転訛にほかならないだろう。さらに言えば、おそらく「ウラ」は韓国語の「ウリ」（私、私たち）の渡来語にほかならない。なぜか藤本良致『越前若狭の方言』（ひまわり書店、一九七六）には立項されていないし、主要な辞典類にも出てこない。さすがに『日本語大辞典』（小学館、一九七三）には「うら（代名）自称。身分の低い田舎者などが用いる。おれ。おら。日葡辞書『vraga（うらが）、または、vraraga（うららが）。〈訳〉私が。下賤な人々が用いる』＊かた言―三「うら、のの、たた、ちゃちゃ、うと、うもなどのこと葉。大かたみづからの上にいふこと也。是等は人数ならざる農夫などの、その身を卑下して云ること葉とぞ。〈略〉近江丹波などにては、みづからのことをうらぞ、うららぞなど云り」。＊浮世草子・好色二代男―一・五「うらがといふた言葉つきもなをりて、『御しんぞう様からお使』と、つぼ口して、長文箱（ながふばこ）さし出す手元も、今はおかしからず」＊物類称呼―五「自（みづから）をさしていふ詞に、〈略〉中国にて、うらと云」＊丹波通辞「私（わたくし）と云を、うら」＊和訓栞「近江ことばに我をうらといふ。うら反わ也、東国にてもうららといふ」＊西洋道中膝栗毛〈仮名垣魯文〉六・下「うらア百姓にさういねへけンど水のみや芋ほりじゃアござんねへぞ」、方言・自称。㋑おれ。私。僕。（略）㋺おれたち。私たち。僕たち。（略）」とし、「語源説」に①オノレの約転ウレが転じた語（大言海）②「吾」の別音Wuにラ行音を添えたもの（日本語原考＝与謝野寛）」となかなか詳しい。ともあれ、近世以前にさかのぼる自称である。「農夫などの、その身を卑下して云ること葉とぞ」という言い方には、おいそれと気を許してはいけないしぶとい含蓄がある。

ちなみに、『古語大辞典』（小学館、一九八三）の「うら」においても同様の見解をかかげ、「語誌」に「近世の用例では田舎者の言葉に用いることが多く、片言では近江丹波の方言、物類称呼では中国地方の方言としている」とある。

ついでながら『越前若狭の方言』の「わがみ」の項を以下に引く。「今立辺で、『おまえ』ということを、ワガミという。ワガミは『我が身』ということで、本当は自分自身のことだが、近世になると、目下の者に対して、『おまえ』『そち』の意味に使われるようになった。『傾城吾妻鏡』に、『そんなら大儀ながら、ワガミ行っておじゃいのう』とある。／また、嶺北地方の山間部では、目下の者に対して、ワレと言っていた。親が子どもをよぶようなときに、『ワレ、タバコ、イッペン買おてきてくれや』といわれると、しぶしぶ『アイ』と返事して、走ったものだ。『浮世風呂』に、『さてさて、ワレも聞分けの悪い、世話をやかせる男だ』と書かれている。ワレは我のことで、自称を第二人称に使っていることは、ワガミと同じである」(以下略)。

薀蓄を傾けるのはこの辺にして、山田清吉特有の用語についてのこだわりが並大抵ではないことは、第一詩集の『べと』のころから自分の事を「うら」と呼んできたことからもわかることだ。たとえば詩集における初見は、「背広の男がにんまり笑う／うらも思わずにっこり笑う」「ネクタイの男が笑う／うらの顔も笑う／また指先につばをつけ／一枚／一枚／うらの体は　宙に浮き出す／ふんわり／ふんわり紙風船」(「べとになれないうら」)にまでたどることはできる。高度成長期の列島改造に浮かれていた頃の、田畑の売り買いの生々しい場面の、はじめて大金をつかまされた「うら」の動揺が伝わってくる。

二編目の長編詩の「町のべと」の「べとのない町死んだ町／うらは何処へ行けばよい／／うらは何処へいけばよい」と繰り返されるが、「減反」では「今　俺の中で／鍬を打ち振り稲株を起こしているのに／俺は傍観」と定まらず、末尾の「煙の歴史」でも「俺が土を起こす」「いつも俺の地境に来て」「俺等たちに与えられた時間」と自称が動揺している。著者自身は「俺」を「うら」と呼んでいるのかも知れないが、少なくともエクリチュールではそうだ。ちなみに、アラン・コルバンは『においの歴史—臭覚と社会的想像力』を著したが、煙に歴史があることを指摘したのは、おそらく山田清吉がはじめてである。

ともあれ、八冊の詩集を刊行し、近年では確固として「己」にたどりつく。「うら」の再発見、再認識である。「俺」から「己」への径庭をたどると、第二詩集の『土時計』の「ゆがんだ秋」から「己」が使われる。最近の私信に「己は己を意識して使ったことは一度もありません。『べと』と同じで自然に顕れて作品の中へ入ってくれています」とある。目次とタイトルを除き、「うら」「己等」もふくめると詩では六十七、エッセイでは四十六箇所の頻度で「己」が用いられている。

詩においては人称の問題はこれまで深く論究されてこなかったが、わたし自身はいわゆる「私詩」は書いてきたつもりはないし、たとえ「わたし」と表現してもかならずしも私自身、すなわち金田久璋個人ではない。ただし、山田清吉の詩やエッセイにおいては「うら」「己」「俺」は、農民の立場に依拠して詩作しているとはいえ、まぎれもなく山田清吉自身である。

## 2 「べと」になった「己」

その「己」が最晩年を迎えて、個我を見つめる目が一段と深くなる。たとえば、「己《うら》がべとになった刻《とき》」の一節。

きた　きた　きた　きた何が来た
まちに　待った　己《うら》の刻
己という己が　べとになった刹那
己はどこからきたのか
教えてくれた
ほれ　ほれ　ほぅれ
これはお前の出てきた
べとの草
何千何百の土筆たち
田んぼの土手の草叢
臭虫　蛆虫　鋏虫
白骨振って骨踊り
ぶるん　ぶるん　ぴいひょろろ
お前も踊れよ　吾等の兄弟
さっき土手で倒れて
頭を用水路《えざし》に落とし
みみずや蟻めと契を結んだお前
うらうらに
己のたびたち
べとのなか

まさしく中世の「死の舞踏」（ダンス・マカブル）のようでいて、いささかも暗くはない。むしろ、信州小田切

（現・佐久市）の里で、一遍が叔父の川野通末の法要に連座した群衆に向かって「踊り念仏」を煽動したように、「お前も踊れよ　己等の兄弟」と呼びかけるのである。

「こころ」は兎越峠を越える馬車馬の山田少年の体験談にもとづく、タル・ベーラ監督の『ニーチェの馬』を想起させる作品。荒い息づかいが行間から聞こえるようだ。「ほいてさァ馬の目ん玉の中にうらがいた」「人間には百八とか八万四千の煩悩《ぼんのう》があるが／馬や牛　鳥や草木　魚や虫けらには／たったひとつのこころしかない」「人間は荷車に乗せきれんほどのこころを／いっぱい持って苦しむが／人間以外のものはたったひとつの無欲恬淡／慈悲のこころしかないということじゃ」と説く。ニーチェの目には、はたして馬の目にうつる自身が見えただろうか。

### 3「自然生死」に至る真如の詩

標題の「自然生死」の一節は、山田清吉の目下の到達点を示す。「経典知らずの凡夫の己だが／己の唱えも自然の寂音なり／自然生死　生死自然／世の中一切人のはからいにあらず　と」し、「八十八」では「己のものであって己のものではなかった」の境地にいたるのである。「己のこの体は、月影で、足元からくっきりと地面からすこし離れていた」（「岡崎さん」）と、さも、いよいよあの世も近いかのように。正月に月影が首が胴体から離れていると近々死ぬとの伝承がある。

　とはいえ、晩年の山田清吉を不安に陥れる、人類の生存を脅かす原爆と原発、さらに平和憲法の改悪問題に日々苛まれる。「微笑む親達に顔向けできん」「いまの己のこのぶざま」（「いま」）、「べとにも還れん／死後の行き先はどこ」（「牛」）、「己等ミミズの言う事なんか屁の河童でも／あえて言う　原発稼働は国土消滅じゃと」（「ミミズの遺言」）と危機感を募らせるのだ。「べと」に根ざした一民衆の、低い目線からのまなざしや造反有理の声を虚心に聴く耳を、利権に寄りかかった今の政権はもつことはおそらくありえない。

さて、山田清吉の詩作の画期となったチベット、ネパール、インド紀行は、「六十五歳、自称百姓の定年退職者」の実体験にもとづく珠玉のエッセーといってもいい。チベット仏教の須弥山に例えられる海抜六六五六メートルの霊峰カイラス山（カンリンポチェ、雪の尊者）の麓で、訪れた山田清吉は瀕死に陥ることになる。定道明の文業とともに、この一編の氏の文章は福井県における散文のみごとな達成である。

夕日に映えた北面の膝に抱かれ、仰ぎ見るカイラス、大きな白蓮、己がこんな仏に謁見でき、目もいらない、耳もいらない、口もいらない、己もいらない、ただ歓喜の渦のなかへと沈む。

そして、聖なるガンガーの流れやプリーの海に煩悩に身を焼く全身を浸し、マナサロワール湖の「己の心滴」になる。チベットのチャンタン高原で体験した臨死体験の花ばなの描写は限りなく厳かで美しい。「花は花自身美しいだろうと、思っていないから美しい、素朴で慎ましく咲いている花。花は解脱の変化の姿」である、「ブラフマンという蓮華が、ヒマラヤで最も聖なる花。ブラフマンとは〈神〉もしくは〈宇宙〉の意味という花が、たった一本健気に咲いている」。「己の前後を舞い舞い水先案内をしてくれた蝶々はどこに、生きものという生きものは一切いない。有るのは花だけ、蓮池の蓮華にも蜂巣の実は無い。太陽も月も星も無い。あるのは花だけ、そしてどこまでも透明で爽快。あらゆる欲望から解放された己、ここは浄土」に至るのだ。まるで荘子の「孤蝶の夢」の蝶々が道案内をしてくれたように。デカルトの「我」を超える契機がここにある。「己はただ一本の藁すべのように、枯れて、朽ちて、土に還っていったことだろう。いや己は一本の青草でもあった」との覚醒は、ひとりの「うつしき青人草（『古事記』）」のみごとな帰結にほかならない。

「己の一生あほたれじゃ」「己はあほたれ何んにも知らん」とのたまう、真如のひと、現代詩の妙好人、山田清吉は九十歳になっていささか耳も目も不調ながらも、足羽山の山麓に住まいし、慎ましく生きておられ、今なお健在である。

詩集・エッセイ集『自然生死』（二〇一九年）解説

## 山田清吉自筆年譜

一九二九年　（昭和四年）　当歳
福井県足羽郡社《やしろ》村渕第三三号五八番地で父清、母スエノの三男として十月二十日出生。名は清吉。
一九三〇年　（昭和五年）　一歳
十月二十四日祖母きく死亡。享年七十四歳にて、清吉は祖母の年忌子となる。
一九三六年　（昭和十一年）　七歳
四月一日、足羽郡社村村立社南尋常高等小学校に入学。新築の校舎は自宅から直線コースで三百メートルの所に建った。
一九四〇年　（昭和十五年）　十一歳
七月六日、父（清）慢性盲腸炎にて死亡、享年五十三歳。清吉は小学五年生だった。
一九四一年　（昭和十六年）　十二歳
十二月八日未明、日本国は米国のハワイにある軍港を奇襲攻撃で爆破し、戦争を始めた。己等《うらら》は軍国少年兵となった。
一九四二年　（昭和十七年）　十三歳
この年の我が家の家族構成は、父（清）死亡、母スエノ、長男玉吉は一九二一年（大正十年）七月十日死亡、享年二歳。次男直雄改名與兵衛は大正十一年五月生まれで、この年の徴兵検査で甲種合格。翌年（昭和十八年）春、福井県鯖江市にある歩兵第三六連隊に入営した。三男の清吉己《うら》は、野杜となって母スエノを助けた。己の四歳年上の次女サダ子は両足が神経痛で何年も苦しむ。長女アサ子がいるが、己の物心のついた頃は尼崎市に嫁いでいて、アサ子姉がいることを知らなかった。弟の四男與四郎は己の七ツ年下でガキ大将だった。
一九四三年　（昭和十八年）　十四歳
三月、国民学校高等二年を修了。己は母と二人で田んぼを守った。
一九四五年　（昭和二十年）　十六歳
八月十五日終戦。兄與兵衛は内地で軍務についていたので八月二十日、毛布一枚をかついで帰って来た。この年の秋はことのほか楽しかった。戦争が終わって一家団欒。

　さて三男坊の己は猫の尻尾。何をしょうか。

一九四六年（昭和二十一年）　十七歳

　一月五日、姉アサ子に連れられて大阪駅に降りる。なんとあたり一面焼け野原、あるのは煙突ばかり何百本も。駅から阪神の野田駅まで米袋をかついで歩いた。途中見知らぬ姉さんが己の荷物を持ってくれた。阪神電車はまだ野田駅までしか開通しておらず野田方面は焼け残っていた。翌六日、尼崎の姉婿さんが勤務する大日電線ＫＫ会社に入社。くる日もくる日も、姉婿さんと燃えただれた電線の後始末だった。三月には本社員に採用されて、カバリングという電線を被覆する大きい長い機械を操作、見守る仕事についた。

　ああ、百姓は、毎年毎年同じ仕事のくりかえしだったが、これはなんじゃ、毎日毎日が同じ仕事のくり返しじゃないか。姉の家は尼崎の出屋敷駅の周辺にあり、ここは焼け残っていて古風な賑わいがあった。ここで小さい英語教室に週二回通った。アルファベットも知らない己は、英語には活字体の大文字小文字と、筆記体の大文字小文字のあることを知った。ここでローマ字つづりを習った。

　この尼崎から福井の家には時々帰った。米を取りに。汽車は、無蓋車や貨物車の時もあり体中真っ黒けになって福井駅に降りる。福井は静かだ。小さい町だが福井がいい。尼崎の姉や義兄に、これ以上迷惑はかけられない。意を決して退社した。

一九四七年（昭和二十二年）　十八歳

　一月七日、大工見習となり大工の棟梁の家に弟子入り。親方夫婦は己《うら》に我が子のように親切に教えて下さる。ところが、七月頃になって、実家の渕の在所から、己を養子にほしいという話があった。仲人の元校長は無理矢理、話を進めたて、親方も返事に困っていたが、相手の家は二町歩の田んぼと大きい家屋敷のある家柄だから大工よりはいいぞ、お前行け、と折れた。
八月、社村渕一六号第九〇番地、養父山田仁太郎、養母さいの養子となった。田の字形の茅葺きの大きな家屋で白壁の三五《さんご》の倉と、新築らしい廊下があり、そこの六畳間の一部屋が己の部屋だった。しかし己には違和感があった。養父仁太郎は社村の元村長であり保険会社の仕事もしていて田んぼには入ったことがなかったからだ。
一九四八年（昭和二十三年）　十九歳
六月二十八日、福井地震にて、渕のほとんどの家は倒壊した。我が家も倉を残してすべて倒壊、親戚の少ないこの家は誰も手伝いがない。己は遠くはなれた同級生二人に何日も来てもらって、片づけた。でも田んぼはいい。地震から一日も田へ行かなかったのに秋にはしっかり実ってくれた。
一九五一年（昭和二十六年）　二十二歳
三月二十二日、養母さい死亡。享年六十七歳。八月、社村渕第三三号二六番地の父山田與右ェ門、母はるの次女政子（昭和六年十一月十九日出生）が、山田清吉と婚姻届出、妻となる。
一九五三年（昭和二十八年）　二十四歳
一月二十三日、実母スエノ死亡。享年六十五歳。この頃己《うら》は詩誌「道化」の同人となっていて作品を発表していた。福井市寺前、酒井教加津氏が代表だった。
一九五九年（昭和三十四年）　三十歳
四月二十二日、長男丈男出生。
一九六七年（昭和四十二年）　三十八歳
九月二十四日、養父仁太郎死亡。享年八十四歳。
そして年月は流れて、渕の在所でも牛の耕作から耕運機へと、百姓の重労働も次第に解放されていった。その頃己は夏目漱石の『坊ちゃん』に夢中になり、ノートに書きうつしていた。福井県県立図書館には則武三雄《かずお》先生がおられて、門下生に広部英一さんも勤めておられた。広部英一さんを中心に詩誌「木立ち」

が創刊され、特に岡崎純さん、南信雄さんは、日本農民文学会の会員で、土着の力強い詩篇を多く発表しておられた。松永伍一さんが高く評価されて、松永伍一さん等の「民族詩人」にも同人になっておられ、己も誘われて同人となった。
たしか、その頃一九七二年七月、近畿日本ツーリストからの、ネパール、インドのツアーに参加した。この時山を観て山を知った。山とは神聖そのものである、聖山だから、人間は畏れおおくて登らない。ただ麓から拝するものであると身にしみて知り、感動した。ネパールにはこんな聖なる山があり、特にマチャプチャレは己等の聖なる山でもあり、六九九三メートル独立峰であった。
一九七六年　（昭和五十一年）　四十七歳
十一月、詩集の事など何も知らない、盲目同然の己《うら》は、広部英一さんの温かい呼びかけにすべてをおまかせして己の第一詩集『べと』を木立ちの会から発行させてもらった。この『べと』への献辞を松永伍一さんが下され、「詩集『べと』のこと」を広部英一さんが執筆して下されて、己の第一詩集『べと』は生まれたのでした。有り難いことです。この『べと』は第二回野の花文化賞を受賞した。
一九八二年　（昭和五十七年）　五十三歳
四月十一日、午前十時、己の家の母屋が全焼、この時までの旅行写真、日記、ノートなどすべて焼失した。
一九八六年　（昭和六十一年）　五十七歳
六月、第二詩集『土時計』を発行（発行者荒川洋治　紫陽社）。
一九九四年　（平成六年）　六十五歳
十月、第三詩集『藁小屋』を発行（発行者広部英一「木立ちの会」）。
この年己は、百姓定年を宣言して百姓仕事のすべてとサイフを息子にゆずって百姓を退職した。
一九九五年（平成七年）　六十六歳
八月一日、カイラス山を礼拝する。七月十五日、成都空港からいきなり、チベットのラサ空港に降りた。ところが体がふらついてまともに歩けなかった、己《うら》だけではないのでほっとした。高度順応が出来ていなかったからで、このラサで二、三日ポタラ宮殿や大昭寺などに礼拝した。どこの寺でも多くの人が門前で五体投地のお祈りをくり返しておられた。このラサでカイラス山へのキャラバン隊を編成、トラック一台に食料や、山羊の丸焼き一匹、テントなどを積んで、トヨタランドクルーザー二台に、ツアーリーダの東さん、現地ガイド一人、コックさん一人と己等三人が乗ってラサを出発した。途中文化大革命で破壊された大きな寺院や仏像を見ながら、道があってないような所を、川の浅瀬を、ざぶざぶ渡って一週間後の八月一日、カイラス山を拝した。聖なる山、仏教徒は釈迦牟尼仏、チベットではカンリンポチェ（雪の尊者）とあがめ、ヒンドゥー教は、シバ神とあがめ、ボン教はボン教の祖師とあがめ、いくつもの宗教のシンボルであった。

雪の尊者、お山の山頂はすっぽり雪に覆われて晴れ渡った青空におわしまします。凡夫の己がこれを拝してなぜかぽろぽろ涙がこぼれて止まらなかった。あまりの感動に翌年の、一九九六年八月十八日、この、ここで、カイラス山に再びまみえた。ここは巡礼の基地タルチェン四千メートルぐらいだったと思う。カイラス山は六六五六メートル、このお山の中腹の聖道、一周五十二キロを巡礼する基地でもあった。
この五十二キロを己等はテントや食料をヤクに積んで二泊三日で巡礼した。この五十二キロを五体投地で礼拝しながら巡礼している信者に会った。「ナマステ」と声をかけると、板を付けた両手で合掌して「ナマステ」と返って来た。その姿は晴ればれとしていて明るい、解脱されておられるお人だと思った。この道の難所ドルマラ《峠》五六〇〇メートルをどうやって越えるのか、急坂もあり雪渓もある所を、一体何日かかって一巡するのだろうか。彼はそれら一切を超えて、何か偉大なものを持っておられる。ここは不可思議の聖地です。何かに、ああ母なるマナサロワール湖に魅せられてかも知れない。道のわきには着物を奉納してあり、大きい鳥葬台石もあった。
二〇〇一年　（平成十三年）　七十二歳
四月二十日、第四詩集『二月のインド』を発行（私家版、工房藁小屋　小冊）。十一月三十日、第五詩集『たんぼ』を発行（発行者堀江泰紹　町田ジャーナル社）。「『たんぼ』に生きる百姓の子のうた」（広部英一詩評）をもらった。
二〇〇四年　（平成十六年）　七十五歳
十月十五日、第六詩集『だんだんたんぼ』を発行（発行者荒川洋治　紫陽社）。この詩集が第三回北陸現代詩人賞大賞を受賞した。
二〇〇八年　（平成二十年）　七十九歳
十月三十日、『詩集「べと」から「だんだんたんぼ」より―自選詩画集』を発行（渡辺淳氏画　福井新聞社）。
二〇〇九年　（平成二十一年）　八十歳
インドのヒンドゥー教の東の聖地、ベンガル湾の中程にあるプリーを旅行。どこまでも続く浅瀬で、朝夕沐浴しながらお祈りをしている大勢の人、人に感動した。
二〇一三年　（平成二十五年）　八十四歳
六月十日、第七詩集『土偶《でこんぼ》』を発行（発行者荒川洋治　紫陽社）。
二〇一四年　（平成二十六年）　八十五歳
四月、詩集『土偶《でこんぼ》』が第五七回農民文学賞を受賞。授賞式が四月二十九日、東京・飯田橋駅の家の光会館で開催される。選考委員の北畑光男氏は「〈選評〉肥沃な詩集『土偶《でこんぼ》』を推薦する」とのタイトルで、少し長い引用になりますが、冒頭で以下のように書いて下さいました。
《今回の最終選考に残ったのは四作品。（略）なかでも、詩集『土偶《でこんぼ》』（山田清吉）に私は強く魅かれた。たったひとりの己《うら》が／もうひとりの己と／ともに生まれ／ともに呼吸し／ともに想い／ともに働き／ともに苦しみ／草木を育てて／ともに働き／ともに旅して／ともに愛して／ともに大病も患わず／八十余歳の白髪／ゆっくりと溶けていく／いうことなし／今朝は静かです／べとに帰ります　（「ひとり」）

「ひとり」という作品だがそのひとりは、「ひとひとり／ここにいて／ひとひとり／もうここにはいない／ただそれだけのこと」（「へたくそ」部分）。山田は己を「うら」と呼び、「この心も己《うら》のものではない／借りもの借りもの……／（略）／ただ己というのは／この今の一瞬これがすべてだ／常に生まれては消える／うたかたうたかたである／己は何処にもいない／己のことは己にも解らん」（「己《うら》」）。

　これらの作品は部分的だが山田の作品の根幹を示していると理解してもいいようだ。》

北畑光男氏は己の作品をこのように評されて、福井弁の土着の言葉での表現を高く評価して下され身に余る光栄で、これでいいのだと大きい自信を頂きました。

また、選考委員の中沢けい氏は、受賞作の『土偶《でこんぼ》』はインド、ネパール、チベットへの旅の歌が続く縄文、弥生、といった日本の歴史的時間を今ここに呼び寄せる歌だと評価を頂きました。

　同じく選考委員の籠島雅雄氏等も「べと（土）」「土偶《でこんぼ》」「己《うら》」などのことばに不器用ながら力とユーモアがあり、年輪を感じたと、評価して下さる。また会長の木村芳夫さんは詩集『土偶《でこんぼ》』は予備選の段階でも他を寄せ付けず、抜群の完成度であった、この詩集を手にした時、農民文学賞の一編は決まりだと思い、選考会にのぞまれたとのこと。また選考委員の飯塚静治氏も、お年だから、最後のチャンスを逃したらと、選考会に臨んだが三人の先生が異口同音『土偶《でこんぼ》』を推して下され、有難うと、叫びたかったと言っておられた。

　この授賞式に、荒川洋治さんから温かいお言葉を頂き、梁瀬《やなせ》重雄さんが代読して下さいました。

二〇一五年（平成二十七年）　八十六歳

八月五日、第八詩集『生死ノート　死にました』を発行（発行者金田久璋　土語社）。
二〇一九年（令和一年）　九十歳
八月二十五日、詩集とエッセイの第九詩集『自然生死』を発行（発行者金田久璋　土語社）。

## あとひとこと

このたび、土曜美術社出版販売さんから、新・日本現代詩文庫150『山田清吉詩集』を出版してもらいました。土曜美術社出版販売さんといえば己《うら》の先輩で二〇一七年六月十日に亡くなられた岡崎純が一九九一年三月、日本現代詩文庫45『岡崎純詩集』を土曜美術社から発行されたのです。この己の詩集の発行は岡崎さんの導きだと思います。金田久璋さん、土曜美術社出版販売の皆さん、ありがとうございました。

現住所　〒九一八―八〇二六
福井県福井市渕一丁目二一二一